Emilio Bacardí Moreau

Via Crucis II

Edición y prólogo

de Joaquín Navarro Riera

Barcelona **2023**
linkgua-digital.com

Créditos

Título original: Vía crucis II.

© 2023, Red ediciones S. L.

e-mail: info@linkgua.com

Diseño de cubierta: Michel Mallard.

ISBN rústica: 978-84-9007-725-2.
ISBN ebook: 978-84-9007-423-7.

Sumario

Brevísima presentación

La vida

Emilio Bacardi Moreau nació, en Santiago de Cuba, el 5 de junio de 1844. Fue el primer alcalde republicano de Santiago de Cuba, elegido en 1901 con el 61% de los votos. En 1906 fue senador de la república dentro del conservador Partido Moderado, de Domingo Méndez Capote y Tomás Estrada Palma. Sus servicios a su ciudad natal (extendió la electrificación ciudadana y pavimentó gran parte del casco urbano) le valieron el reconocimiento oficial de «Hijo predilecto de Santiago de Cuba».

Como escritor destacó principalmente por algunas novelas de indudable interés, como *Via Crucis* y *Doña Guiomar*. Como historiador, su obra más conocida fue *Crónicas de Santiago de Cuba*. Al margen de su producción literaria, Bacardí fue muy conocido en su tiempo (y es recordado en la actualidad) por sus labores como industrial, entre las que resulta obligado destacar la fundación de la empresa licorera que lleva su nombre, gran difusora a lo largo de todo el siglo XX de las excelencias del ron cubano.

Vía Crucis

La novela Vía Crucis narra el esplendor y la caída de los hacendados cafetaleros a través de una familia de inmigrantes. La historia se desarrolla durante el período revolucionario de 1868-1878, y muestra los infortunios de la sociedad cubana desde el grito de Yara hasta el Pacto del Zanjón.

Emilio Bacardí respiró el trasfondo histórico que expone en su obra y por tanto es un testimonio directo de lo que se vivió en aquella etapa de lucha independentista en la ciudad de Santiago de Cuba.

El narrador logra con eficaz sutileza retratos de personajes en consonancia con las situaciones y conflictos contextuales. Sin dejarse llevar por el apasionamiento, analiza el alma de sus protagonistas y describe la situación moral y material de Cuba durante la Guerra de los Diez Años. Emilio Bacardi interpreta la realidad histórica con la fría exactitud y precisión de un historiador y responde a las exigencias de la novela histórica contemporánea.

La novela fue reimpresa por Amalia Bacardí, Estados Unidos, 1970.

El Autor

Este libro es un libro triste, es una historia de lágrimas y dolores. La relación de los sufrimientos de una familia es la relación de los tormentos de nuestra Patria también. No invento ni exagero: copio.

Segunda parte. Magdalena

I

—¡Mi Señora de *lo Dolore*! ¡Virgen de la *Caridá*! —y deshecha en llanto, caído el pañuelo de la cabeza, al aire los mechones blancos de la corta, encrespada y enmarañada cabellera, lánzase Susana a la calle, echa a correr, torna a entrar, vuelve a salir, y batiendo el aire con los brazos, alborota la barriada, y da a conocer a la vecindad la desgracia que la agobia, exclamando a grandes gritos:

—*¡Mija se muere!*

A las voces acuden solícitos los vecinos más cercanos, y la casa se ve invadida en un instante por una multitud que, sin distinción de clases, viene a prestar el auxilio que se le demanda.

—*¡Mija se muere!* —repite Susana a los vecinos que acuden, y les dirige tropelosamente a la alcoba donde yacen, Margarita, cadáver en el lecho, y Magdalena, privada de conocimiento, tirada en el suelo.

—*¡Jesú! ¡Jesú!* —prorrumpe a la vista de tal espectáculo, con acento andaluz, una mujer, dirigiéndose presurosa a la niña. Ya junto a ella, se agacha, le alza la cabeza, y agrega afanosa a una de las vecinas:

—¡Tómela usted por ahí! —indicándole que por los pies; y añade a otra:

—¡Ayúdeme por acá, por la cintura! Llevémosla fuera de aquí.

—¡Por acá, mi señora, por acá! —les balbucea Susana, entrecortada por los sollozos, encaminándolas a un cuartito que da al patio, y deprisa, tendiendo un catre, acomoda en él una almohada y hace depositar a Magdalena, que continúa exánime, sin dar señales de vida.

La buena mujer que había exclamado *¡Jesú!* y dirigido la operación de llevar a Magdalena lejos del lugar en que yacía muerta su madre, se precipitó a su vez a un militar, su esposo, que, llegando en aquel instante, asomábase al aposento y echaba una ojeada al rígido cuerpo de Margarita, y le dijo:

—Francisco, corre, hijo, llama al asistente, y que vaya volando por un médico... ¡Ah! En tanto, tráeme la botella de aguardiente de caña —y, sin esperar respuesta, se precipitó de nuevo al lado de Magdalena, le desabrochó el corpiño y la aireó fuertemente con un pañuelo.

—¡Joseíllo! —se oyó gritar al llamado Francisco.

—¡Tráete acá la botella del aguardiente, y, volando, al primer doctor que encuentres, que venga!

Entregó a su mujer la botella pedida; vertió ésta un poco del líquido en el pañuelo y se puso a darle fricciones a la enferma en la frente, en las sienes, en las manos y en las sangraduras, tratando de reanimarla con aquello.

—¡Francisco, sal; vete de aquí! —ordenó la mujer, y encargó a la señora que la auxiliaba en su obra que siguiera desabrochando el vestido y desatara el corpiño, hasta poner al descubierto el pecho de Magdalena.

Pocos momentos después sonó el paso mesurado de un caballo que se detenía a la puerta de la calle, y luego el andar de dos individuos, el uno presuroso y agitado, y el otro tranquilo y reposado.

—¡Mi teniente, aquí está el físico! —exclamó dirigiéndose a su jefe el asistente, medio sofocado por lo mucho que había corrido.

Resonaban ya las espuelas del doctor en las losetas de la sala, cuando el vecino Francisco, oficial del ejército español, acudió a recibirle diciéndole:

—Por este lado, doctor.

Dejó el doctor el latiguillo y el sombrero de panamá sobre una silla, y encaminóse al aposento que se le indicaba. En la puerta detúvose un instante y contempló brevemente el cuadro aquel de la niña tendida en un catre, rodeada de tres almas caritativas, y de Susana a la cabecera, hecha una lágrima viva, convertidos sus ojos en dos fuentes y pasando suave y cariñosamente sus rugosas manos por la cabellera de Magdalena.

Al ruido de las espuelas levantó la negra la cabeza, y, al ver al doctor, exclamó en francés criollo, yendo diligente a él, como conocidos ya de antaño, y con vibraciones del alma:

—¡Doctor, Hartemán, sové pitit a mué!¹

Acercóse el médico al lecho, fijó la mirada en la enferma, tomóle el pulso, abrióle los párpados, contempló las pupilas, auscultó el pecho, y dirigiéndose a Susana le preguntó, en la misma habla, con tranquilo acento:

—¿Sa sa pasé ici, Susane?²

Susana respondió, entrecortada y tropelosa:

---

1   ¡Doctor Hartmann, salve usted a mi hija!
2   ¿Qué ha sucedido aquí, Susana?

14

—*Madam Margrit... murí... ató... mem... ¡Pitit mué tuyé nan guer!... Nuvel rivé ató mem... Pa dromí... Maladi mamán... pa mangé!...*[3] —y no pudo proseguir.

—Por ahora no es nada. *Nu va sovel*[4] —contestó el doctor, y hablando a los demás, les dijo—: Déjenla sola, necesita aire —apartó la almohada, pidió un vaso de agua, tomó del bolsillo un cuadernito y un lápiz, redactó rápidamente una receta, y tendiéndola, agregó—: a la botica del Carmen.

Apoderóse de ella el teniente, salió disparado, y diósela al asistente repitiendo, como la otra vez:

—¡Volando! ¡A la botica del Carmen!

No había transcurrido un cuarto de hora cuando la medicina le fue entregada al doctor Hartmann. Pidió éste una cuchara, y forzando un tanto los apretados dientes de Magdalena, hizo resbalar el líquido en su boca. Un ligero carmín que coloreó sus mejillas y un apretado suspiro fueron las primeras señales de que Magdalena revivía. Mojó el doctor la punta de los dedos en agua y salpicó con ella el rostro de la enferma.

Otro suspiro, un tanto más fuerte, siguió a la aspersión; abrió los ojos, vio al doctor, hizo esfuerzos para incorporarse, volvió a caer en el lecho, y lanzó un grito. Puso Hartmann las dos manos en aquella frente palidísima, y con dulce acento la llamó:

—¡Magdalena, hija mía!

Entreabrió de nuevo los párpados, y al encontrarse con la mirada del doctor pareció recordar el momento presente, y tomando una mano a Hartmann, llevósela a los labios y rompió en llanto desgarrador, entrecortado por quejidos de dolor intenso.

—Llora, hija mía, llora —y acercándose a ella agregó a su oído palabras que nadie oyó, y a las cuales contestó la niña con voz apenas perceptible:

—Sí...

Largo momento estuvo junto a la enferma, más contemplándola entristecido que examinando su malestar. Arrancóse por fin a esa situación, y poniéndose de pie, añadió:

---

3   Señora Margarita acaba de morir. Mi hijo, muerto en la guerra. Noticia llegada ahora mismo. No dormir con la enfermedad de la madre. No comer.
4   La salvaremos.

—Volveré mañana, Magdalena; descansa —y al salir, yendo a Susana; le indicó, como plan curativo, reposo, alimento y calma completa—. No es nada; ya pasó por ahora —entrególe algún dinero a la fiel criada, y con la autoridad que dan la profesión y la desgracia, encargó al militar y a la señora, que parecían adueñados de la casa, en su calidad de vecinos fronterizos.

—Es preciso que Magdalena no presencie el entierro de su madre.

—Nos encargaremos de ello —respondió aquella buena gente.

La casa fue quedando vacía a instancias del teniente y de su esposa; las recomendaciones del doctor se cumplían por ellos, que imponían silencio, exigían quietud y despedían anticipadamente al vecindario. Alguno, pasado el primer momento de natural congoja, marchábase sin necesidad de indicación. Para ello bastábale asomar la cabeza por la entreabierta puerta del aposento en que reposaba el cadáver de Margarita, persignábase, y se retiraba presto por la impresión de la muerte y por temor al cólera.

Diríase que la noche se había adelantado. El color plomizo del cielo, cubierto por una sola nube uniforme e igual, se resolvía en una llovizna pertinaz y menuda. El piso de las calles se hacía resbaladizo, y la falta de empedrado, el lodo y los charcos, eran motivo bastante para que permanecieran totalmente desiertas y para poner tregua, al mismo tiempo, a la incansable orgía carnavalesca. El estrépito de los mamarrachos, como queja lejana y moribunda, permitía que de vez en vez llegase hasta aquel lugar el son de algún cantar y el golpear de alguna tambora, traídos por ráfagas de aire. El eco de alguna comparsa refugiada en una casa de las orillas, de seres infatigables e indiferentes, se escapaba por puertas y ventanas, yendo a perderse por los ámbitos de la ciudad.

Como un fuego fatuo llevado por el viento, atravesó la calle del Rastro una candela débil y flameante. Un chino con una escalera a cuestas, lleva en la mano derecha un tubo con una mecha encendida, cuyo resplandor atenúa el humo negro que la misma mecha exhala. Detiénese el chino ante un farol de cristales sucios y empañados por el polvo y la llovizna, aplica la escalera a la pared, sube a ella, y después de dar luz al mechero del gas, bájase y prosigue calle abajo, calado e impasible. Es una silueta trágica que representa, en su estoicismo, a la ciudad envuelta en sentimientos totalmente contrarios, fermentos de patriotismo y de crueldad, de miseria y de derroche, de corrupciones brutales y sin límites: los instintos de la guerra la dominan por completo.

La lucecilla de aquel farol que apenas alcanza a envolver en su penumbra un radio limitadísimo, para aumentar la negrura de la calle con su irradiación en el suelo mojado.

Todo es silencio y tristeza.

La llovizna, en vez de disminuir, aumenta. Los surcos que hacen peor el piso van señalando su intensidad con pequeñas corrientes de agua fangosa, que arrastran consigo sedimentos de basuras de calles nunca barridas y de tierra removida por el tránsito anterior.

Sobre las siete de la noche escuchóse el chirriar de un par de ruedas, faltas de grasa, y el andar difícil de una bestia de carga arrastrando con esfuerzo algo pesado. Restalla el látigo del carretonero estimulando al animal, que resbala por el mal estado de la calle, y acompañan la acción del látigo ¡arres! y más ¡arres! de una garganta enronquecida. Un farolito de petróleo, colgado a la derecha de una de las barras delanteras del carro, donde va también sentado el conductor, anuncia que el carretón de los pobres, *La Lola*, recorre la calle del Rastro en busca de cadáveres de coléricos para el cementerio.

—¡Por aquí! ¡por aquí! —oyóse decir a una voz afrancesada y temblorosa—. Es aquí, *muché* —repitió. Y el carro se detuvo a la puerta de la casa de Magdalena.

No hubo grandes reparos, ni pérdida de tiempo, para dejar cumplida la triste misión. El teniente aguardaba; era su presencia respeto bastante para los llevadores de cadáveres, si hubieran faltado a ello por la costumbre en el oficio.

Magdalena, por fortuna, dormitaba bajo la influencia del medicamento. Susana, aunque amodorrada por una somnolencia hija del cansancio y de las penas, cerró la puerta de la habitación, y, toda temblorosa, fue a envolver en una sábana, lo mejor posible, los restos de su ama. Dos gruesas lágrimas que surcaron sus mejillas fueron la única explosión de sus sentimientos.

Los cargadores tomaron el cadáver, el uno por los pies y el otro por la cabeza; el cuerpo formó una especie de arco; salieron a la calle, y ayudados por el que les había avisado, empujaron bruscamente dentro del carretón el cadáver de Margarita, que quedó descansando sobre tres coléricos más que llevaba el carro. Hubo que hacer fuerza para rodar el cuerpo sobre los demás, y, a la presión, se sintió un escape de aire fétido y comprimido.

Restalló de nuevo el látigo para arrear a la mula; en la calle, sin poderse contener, soltó el conductor una interjección soez, y, animando a la bestia para salir pronto del paso, forzóla a un trote largo, rumbo al cementerio, dando tumbos y resbalando cadáveres, mula y carretón. Al partir resonó otra imprecación iracunda del carretonero:

—¡Mal rayo parta a esta noche tan cochina! —y escuchóse durante algún rato el restallar del látigo y las injurias soeces a la bestia, a la noche, a las gentes y a la guerra.

—*¡Adieu, madam!*[5] —dijo desde la puerta de la casa Susana, al perderse en la oscuridad el carretón fúnebre.

—*¡Adieu, madam!* —respondió a su lado la voz afrancesada y temblorosa, a cuyo acento, vuelta Susana, respondió la misma fiel negra, agradecida y sollozando:

—*¡Merci, Teodulo; que bon Gé peyeú!*[6]

---

5   ¡Adiós, señora!
6   ¡Gracias, Teodulo; que el buen Dios te lo pague!

II

La Capitanía General, con residencia en La Habana, había ordenado que la Plana mayor, y, con ella, las oficinas de los batallones en campaña, residiesen en la capital de los Departamentos en cuyos territorios operaban; y esta medida había traído, como consecuencias, el aumento de residentes, carencia de casas habitables y subida de los alquileres.

Con las oficinas venían, además de los oficiales de que se componían, las familias de éstos, unas naturales de la Isla y otras nacidas en la Península. A estas últimas, ni el temor al *charco* ni el miedo al *vómito negro* habían sido bastante para arredrarlas, y siguieron alegremente a los Cuerpos expedicionarios, sin darse cuenta de los riesgos en perspectiva, y pensando, como se propalaba entonces en España, que la guerra de Cuba era una *merienda de negros* que estaba a punto de terminar.

Hacía unos seis meses que el teniente Francisco Garriga, habilitado del batallón de San Quintín, acompañado de su esposa, María García, procedentes de La Habana, habían alquilado, en la calle del Rastro, frente a la familia Delamour, una casita que, después de mucho buscar, les convino por la modicidad del alquiler. La paga andaba muy atrasada para poder exigir algo mejor, y halláronse a poco satisfechos de la vivienda, tanto por la tranquilidad del barrio cuanto por el poco gasto que les representaba.

Él era hijo de Madrid, *oficial de colegio*, y ella una sevillana, no de gran belleza, pero sí de simpatía cautivadora, que, dándose pronto cuenta de la vecindad que la rodeaba, supo hacerse de amigas, encariñándose, sobre todo, con Magdalena, tanto por su aislamiento y su modestia, cuanto por su triste historia, que supo a los pocos días de conocer a la pobre joven.

Vio en la familia Delamour a una niña hacendosa, siempre triste y desviviéndose por aliviar la suerte de su madre, Margarita; vio a una negra envejecida en el servicio y consagrada, a pesar de los años, a una religión: fidelidad a sus amos; vio a Margarita, transparente, sobrellevando la vida, como el presidiario la cadena al pie, y, obtenido el asentimiento de su esposo, bueno como ella, convirtióse en la providencia de aquella trinidad que solo sabía suspirar y llorar.

Supo más tarde que eran *mambises*, y se le dijo que Pablito estaba en la insurrección.

—¿Y qué? —repetía con su corazón de mujer sensible. Y con una delicadeza y tacto especiales, jamás fueron sus socorros sino pequeños obsequios a las horas de las comidas, evitando así herir la delicadeza de aquella pobre gente.

—Joseíllo, llévale a doña Margarita esta botella de vino que he recibido de mi tierra, ¿entiendes?

—Susana, dígale a la señora que pruebe este guiso que acabo yo misma de hacer con mis propias manos —y así, cosa tras cosa, logró que tuviesen relativo bienestar por ese lado.

Algunas veces, Garriga, al llegar de la oficina, hallaba la casa sola con el asistente.

—¿Y la señora?

—Allí enfrente —y cruzaba, a su vez, para preguntar, en tono de chanza—: ¿Habrán ustedes visto, por casualidad, por aquí a la mujer de un oficial, que anda perdida? —y ella, al escucharle, le salía al encuentro con un mohín y un:

—¡Anda, tonto! —se marchaban juntos a su choza, como designaban su casa, y en ésta, le tocaba a él agregarle a veces:

—Oye, mujer, ¿sabes una cosa? que me parece que te me has vuelto una gran *mambisa* —y atrayéndola, le tomaba la cabeza con ambas manos, mirábala de hito en hito, y él mismo se respondía a su interrogación—: ¡Anda, cielo! —y cogidos de los brazos, como dos niños juguetones, sentábanse a la mesa, riendo, charlando y repitiendo lo que cada cual, en su círculo, había recogido de la ciudad.

El amanecer de aquel siguiente día lúgubre había sido de aspecto idéntico al de la noche anterior. La llovizna continuaba, aunque aminorada algunas veces, y muy pocos transeúntes chapaleaban el lodazal en que estaba convertida la calle. Rompía la monotonía el muchacho lechero arreando su cabalgadura y deteniéndose a la puerta del marchante. Con el palo de guayabo que le sirve de acicate para arrear a la bestia, llama a grandes golpes, gritando:

—¡La leche! —y con una presteza especial, introduciendo en una de las cuatro *botijuelas* que ocupan el serón un cacharro de hoja de lata adherido a un mango largo, distribuye un líquido azuloso, que se recibe sin murmurar, por la extraordinaria escasez de leche, debida al merodeo de los insurrectos.

20

Hecho esto, parte ligero, y vuelve la calma del desierto a imperar en la calle intransitable.

Luego las puertas fueron abriéndose sigilosamente, y alguna que otra vecina, con rostro apenado y sin aliño, echando una mirada al cielo y otra a la calle, volvíase hacia adentro, sobrecogida por el espectáculo tétrico de la naturaleza y por el terror al cólera, que iba imponiéndose a las gentes ajenas a las algazaras de un mamarracheo de individuos más inconscientes que envilecidos.

—Buenos días, vecina; ¿qué tal? —era la frase que interrumpía de cuando en cuando el silencio—. Sin novedad; gracias, vecina —era toda la conversación que escasamente sostenían cuando la casualidad hacía que, al mismo tiempo, se encontrasen dos personas conocidas al entreabrir sus puertas.

Así fue transcurriendo el tiempo hasta las nueve de la mañana, en que, con las manos en los bolsillos del pantalón, sin hacer caso del lodo, se dirigió a la casa de Magdalena el mismo individuo aquel que en la noche anterior indicó al conductor del carro mortuorio de los pobres cuál era la casa donde yacía el cadáver de Margarita.

Vestía chaqué de alpaca negra, verdoso por el uso, abrochado hasta el cuello y con las solapas levantadas hasta las orejas; las piernas se perdían en un pantalón de casimir claro, raído, deshilachado por la parte de los talones y empapado por el barro; cubríale un sombrero de pajilla muy calado y de alas caídas hacia las cejas, y los pies bailaban en unos borceguíes gastados y deformados por el mucho andar: esta era la indumentaria de ese personaje enteco, de regular estatura, trigueño, de ojos negros, bigotes y pera con algunos hilos canosos, con pelos salteados en las mejillas, con los labios siempre en movimiento, de parpadeo constante, resbalando a ratos, y que, tratando de no caer, avanzaba por la calle del Rastro.

Con el sombrero puesto, sin sacar las manos de los bolsillos, de puntillas, entró en la casa de los Delamour, y llegando hasta el patio, buscó con la vista a Susana; no encontrándola, acercóse al cuarto donde yacía Magdalena, y allí la vio sentada al pie del catre, fijos los ojos en el cuerpo de la joven, atendiendo a sus menores movimientos, con las ansias naturales de ver a su hija mejorada, aspirando sus suspiros, y queriendo adivinar en ella deseos que no existían en la enferma, la molestaba con cariñosa solicitud, preguntándole algo al oído, de tiempo en tiempo, y a lo cual respondía Magdalena, sin abrir los ojos y como con un soplo:

—No...

Al ver al visitante, Susana fue a su encuentro, y de puntillas también le llevó al patio, y allí le repitió la frase de la última noche:

—¡Gracias, Teodulo!

Hízole éste señas negativas con la cabeza de que nada había que agradecerle, y con voz arrastrada le preguntó a Susana:

—¿Qué necesita? Estoy aquí para todo; mande.

Teodulo Pinaud era un sastre, bohemio por naturaleza, descendiente de francés, de raza mestiza, sin ambiciones ni pretensiones, viviendo del trabajo de dos o tres sastrerías que le preferían para la costura de pantalones de casimir, en lo cual tenía habilidad reconocida. Bastábale lo poco que podía ganar, sin apurarse para más, y los maestros tenían que soportarle en «mi libérrima libertad de acción», como les decía, por su reputación bien adquirida y lo acabado de la obra. Vivaqueaba generalmente por las calles del Gallo, Rastro y otras, donde hubiese núcleo de familias francesas, saludando a todos, no molestando a nadie y ofreciéndose siempre para los servicios en que quisieran emplearle. Para el público su nombre era un apodo: *Musiú Popot*. No le molestaba oír ello, y la misma plácida sonrisa acompañaba a sus «buenos días» o «buenas tardes».

Los pillines de la calle se complacían a menudo en burlarse de él gritándole:

—¡Popot! ¡Musiú Popot! —y cuando eran demasiados los atrevimientos del pilluelo que le motejaba siguiéndole, se volvía, girando automáticamente sobre los talones, y le hacía callar con esta réplica—: *¡Español sinvergüenza, dile a tu madre que si necesit un peset pa darte crianz en cas de don Benito Rolán, yo te lo da!*

Don Benito Roland era un gallego, antiguo sargento retirado, director de una escuela de la Sociedad Económica, espanto de los niños, a pesar de su bondosidad conocida. *Popot* se consideraba francés, inscrito como tal en el Consulado de Francia, y cubano por nacimiento e ideas.

Entre sus íntimos se contaba que su difunto padre era hombre que de los siete días de la semana se pasaba cinco vagando y alcoholizado; que su madre, Rosette, había sido una buena mujer, muy sufrida, trabajadora y resignada con su suerte. Al dar a luz a *Popot*, único hijo que tuvo, la comadrona, viendo la semi-imbecilidad del marido sentado indiferente en la sala, le había agarrado por el cuello de la levita, levantado y empujado con energía al aposento de la paciente, y, enseñándole el raquítico recién nacido, le había gritado:

—¡Pinaud, ven a contemplar tu obra maestra!

De *Popot* contaban las comadres infinidad de anécdotas y réplicas agudas, y perduraban sus frases de:

—*Por el cort del pantalón, yo conosc la categorí de la persón.*

Sostenía con el pulpero más próximo a su vivienda largas disputas sobre Cuba y España; el tendero burlándose de *Popot*, y éste queriendo probarle la memoria de su país; y se hizo proverbial esta frase de *Popot*, en una de esas discusiones:

—*Tienen un mat de uv aquí, otro allá, y decir tienen viña; aquí tod el mund tiene mata buniat y nadie dis tiene buniatera.*

Usaba de especies de adivinanzas que llamaba suyas.

—¡De aquí! —decía con énfasis, poniendo un dedo en la frente. Un día se le ocurrió preguntar, y con ello entretuvo a las gentes varias semanas: «¿Cuál es el veneno más poderoso de la Tierra?». Y, desesperados de no acertar los interrogados, a pesar de nombrar cuantos venenos son conocidos, les salió con esto: «El rabo del ratón, porque ningún gato se lo come nunca».

Estallada la guerra de 1868, hubo un mercader que, por mofa, y para intimidarle quizás, le preguntó:

—Oye, *Musiú Popot*, ¿tú eres español o *mambí*? —a lo cual, deteniéndose de pronto e irguiéndose, con las manos a la cintura y en jarras, respondió:

—Diga usted, español ramplón, ¿viene usted a explorar mi opinión para después ir a denunciarme a su gobierno? ¡Vaya, canalla!

Tuvo la suerte de que se le considerase como alocado, y sus dichos, tomados como cosa de risa, no llegaron a traerle ni persecución ni contratiempo alguno; era un objeto de diversión para aquellos que se entretenían en azuzarle, sin tener en cuenta que *Popot* era un bendito incapaz de maldad y propicio a servir a todo el mundo.

Su presencia habitual en casa de Magdalena era, en aquellos momentos, sumamente necesaria. A Susana, que estaba sola, le era indispensable ese generoso auxiliar.

—Teodulo, *¡pov madam!*... Toma, cómprame 2 reales de carne de pecho para hacer un caldo a *mija*.

Al salir a cumplir con el encargo, ahogando el ruido de sus pisadas, doña María asomaba a su vez a la puerta, y le llamó, preguntándole:

—*Musiú Popot*, ¿cómo sigue Magdalena?

—Así, así, *madam*. ¡Pobre gente!

—Venga acá. Usted va a un encargo de Susana, ¿verdad?

—Sí, *madam* —y enseñándole la peseta que llevaba en la mano, añadió—: *Un peset*, para carne.

—¡Pobre Susana! Entre, *Popot*, aquí, y hablaremos.

Y después de franqueada la entrada, sentóse en la saleta e indicó una silla al sastre, que, con el sombrero en la mano y haciéndole una reverencia, le respondió en francés:

—*Mercí, madam*, yo estar bien así, doña María.

—Pues escucha, hijo —continuó doña María con su decididora habla andaluza—. Usted y yo tenemos que andar de acuerdo: tenemos que conspirar juntos para ayudar a Susana. Ella no puede dejar un momento a Magdalena. El caldo se está haciendo. ¡Oiga hervir la olla! Devuélvale después a Susana su dinero; yo iré a llevarle la sopa tan pronto esté. Usted hágale los mandados, pero no le coja dinero; si se opone y replica, diga: «Después... después se arreglará». ¿Me entiende? a mí me da cuenta de lo que le encargue... ¡Las pobres, si no tienen nada! Y usted, *Popot*, ayúdeme como le digo en esta buena acción.

—¡Doña María! —le respondió *Popot* conmovido y con tembloroso acento enternecido—, ¡Dios pagará su obra de caridad! Cada rato vendré... ¡Oh! doña María... *¡usté ser santa!* Voy a ver a Susana.

—Anda, hijo.

Y saludando tan obsequiosamente, con el aire caballeresco que demostraba en todos los movimientos de su escuálida figura, traspuso aceleradamente la puerta y volvió a casa de los Delamour.

Refirió a Susana, con frases entrecortadas, su conversación con doña María; no le dio tiempo para contradecirle y la dejó atolondrada diciéndole: Hasta después, Susana; voy a una urgente pesquería junto al matadero. Estoy comprometido a llevar *arañas de mar, para un calalú*.

Y al referirse a los cangrejos, llamados «arañas de mar» por él, y al *calalú*, cocido de hojas de hierba mora con *jaibas*, cortó con este dicho fuera de lugar toda reflexión que pudiera ocurrírsele a la negra para resistirse a aceptar los socorros de doña María.

III

Se sentía frío al entrar en la casa de Magdalena. La casita había adquirido aspecto de templo solitario, y los que la visitaban parecían caminar de puntillas, como para no interrumpir la celebración de alguna misa solemne, y sobrecogidos por la paz que reinaba en el interior.

Los pocos muebles, un tanto empolvados, parecían esfinges colocadas a lo largo de las paredes, y por el poco uso de ellos habían adquirido ese olor peculiar de cosas viejas de guardarropía, abandonadas en un desván por inútiles, y las cuales no acabamos de desechar por cierto escrúpulo de afecto al pensar que en ellas perdura el recuerdo de algo de los antepasados.

Las escasas visitas, casi todas de la vecindad, iban directamente al aposento. Allí, sentados al lado de Magdalena, trataban de animarla con frases banales, cortas, insignificantes, callando a veces y buscando alguna amenidad a la conversación; querían estimularle la atención refiriendo sucesos de la ciudad, disfrazándolos si eran ingratos, y con bondad y por lástima ansiaban llevar un tanto de tranquilidad a aquella alma herida de manera tan cruel.

Magdalena parecía exangüe. Su rostro había perdido completamente la redondez de las mejillas; sus ojos hundidos semejaban dos negros azabaches escondidos en lo más profundo; sus labios, tan pálidos como sus carnes, manteníanse cerrados, y una inclinación de cabeza, en sentido afirmativo, era la única respuesta que daba a las amigas que querían librarla de aquella pasión de ánimo o estupor melancólico.

Al corresponder al saludo de los que entraban y salían, alargaba una mano de dedos transparentes, escasa de fuerzas para estrechar la mano amiga, y era única demostración de lo agradecida que estaba por tanto cariño, la mirada triste en que envolvía a sus visitantes.

Susana, a un lado, sentada en un tauretico de cuero, era madre amorosa, igual a la madre verdadera: velándola, adivinándola, sufriendo conmociones por su estado de debilidad, murmuraba plegarias a todo momento, y vivía de la tenue luz de sus ojos, que temía ver desaparecer en cualquier instante.

—*¡Valor, ma fille!* —le decía. Y Magdalena, inclinando la cabeza, respondía:

—¡Sí! Cuando Magdalena permanecía sola, cerraba los párpados y se ensimismaba totalmente. Susana, creyéndola entonces dormida, levantábase sin hacer ruido, se llegaba a ella, la miraba largo tiempo, y como si quisiera cobijarla con el reflejo de sus ojos llenos de cariño, marchábase suavemente, no sin extender primero ante la joven ambas manos en ademán de bendición.

Magdalena la sentía marchar, abría los ojos, y volvía a cerrarlos mecánicamente, sin que aquellos labios reprimidos esbozasen en su indiferencia ni la más ligera sonrisa.

Las horas se deslizaban largamente en ese estado, y esa soledad y calma material le permitían ir reponiéndose poco a poco y recobrar alguna lucidez a su cerebro domeñado por tan grandes dolores.

Cuando más quería darse cuenta de lo acaecido, más se embrollaba por momentos el hilo de sus pensamientos, y entonces, mordiéndose los labios, apretaba los párpados con fuerza y dábase por vencida ante la inutilidad de sus esfuerzos.

—Hay que esperar —se repetía interiormente, y sufría esperando el momento suspirado ya que nadie quería darle cuenta de lo que quería saber claramente. Susana, como las vecinas, esquivaba la conversación cada vez que ésta se promovía sobre asuntos que pudieran afectarla cruelmente.

—¡Paciencia! —era su frase obligada, aunque no pronunciada, y el tiempo había de traerle tranquilidad y fuerza, puesto que la resignación la tenía ya.

La vida descansada, la regularidad de la existencia sin que la miseria se apoderara de ella, llenaron la vivienda aquella de una quietud apacible, envidiable, si no fuera el resultado de una inevitable catástrofe. La simpatía y el cariño de las familias del barrio no habían abandonado a la huérfana un solo instante.

Una mañana, días después de los anteriores tristes sucesos, en momentos en que el doctor Hartmann, con tono paternal, le hablaba, entró doña María a inquirir el estado de Magdalena. El caballo blanco, mosqueado de puro viejo, atado a la ventana de la calle, tascando suavemente el freno, advertía a los vecinos que el hombre de ciencia estaba allí, y tan pronto se percató de ello la andaluza, con su alegría decididora, atravesó la calle, y con un buenos días zalamero, pasando la mano por la cara de Magdalena, le dijo:

—¡Vamos, chiquilla, ánimo, que no hemos de dejar que el mal nos venza! ¿No es verdad, doctor? —y sin dar tiempo a que se le respondiera, continuó—: ¿Ve usted, doctor? Estoy aquí, machaca que machaca, con esta buena criatura. ¿Que hay que andar? Pues andando. ¿Que hay que salir de ese letargo? Pues saliendo. ¡Si hasta le he dicho que... la necesito para madrina de un chiquillo! —y a esta frase alegre daba aire picaresco con el acento y la sonrisa, y continuó con volubilidad—: ¡Que no hay que dejarse morir de tonto! que el dolor es dolor, que esta vida es como es, que estamos a la voluntad de nuestro Señor... y lo que habrá de ser, será. Hay que llorar, ¿cómo no? Y una madre no se repone; pero, después de hacer lo que se debe, hay que conformarse con lo que Dios manda. ¿No es verdad, señor, que esta chiquilla debe escucharme, seguir mis consejos, como si fuera yo su madre? ¿verdad?

Sonreíase el doctor Hartmann ante aquel torbellino de buena voluntad de María, y gozábase, con su corazón de santo, de la caridad de la española por la cubana haciendo caso omiso de sus distintas opiniones y de la lucha terrible por la independencia de Cuba, que había envenenado los sentimientos y convertido a ambos contendientes en enemigos duros e implacables.

—Sí, señora —respondió el gran médico y filántropo. Y mirando con fijeza a Magdalena, que solo a ratos entreabría los ojos, para volver a cerrarlos inmediatamente, frunció el entrecejo, tomóla el pulso, volvió a auscultarla, y dándole una palmadita cariñosa en la mejilla, añadió—: Magdalena, hay que tener valor, hija mía; me tendrás aquí todos los días, hasta que te sientas fuerte; no te muevas: descansa y recobrarás la salud pronto.

Y haciendo una seña a María para que le acompañara, siguió a casa de la andaluza, con objeto de comunicarle algo que le parecía importante.

Con su ligereza habitual cruzó María la calle, y ofreciendo un balance al doctor, preparóse a escucharle; éste, de pie, por la prisa que llevaba, le dijo:

—Señora, es usted un gran corazón —y le tendió la mano, y se la estrechó tan efusivamente como si con esa acción le transmitiera la expresión de un elegido del Señor hacia una criatura vulgar. Callado un instante, continuó—: Señora, me temo una crisis en Magdalena, y temo por su excesiva debilidad. Susana está inútil ¡pobre vieja! Mañana vendré por largo rato, y solo con ella podré quizás dar fuerzas al alma, que lo ha de menester tanto como el cuerpo, o más tal vez. Conviene dejarla muy quieta todo el día, hasta sin hablarle, si es posible; esté usted con ella lo más que pueda; que no se le contradiga en nada, y anóteme lo que vea. ¡Hay que luchar!

—Doctor, cuente conmigo; la amo como si fuera hija mía —y tras una pausa, al despedirse del doctor, repitió, como una lamentación dolorosa—: ¡Ah! ¡la guerra! ¡la guerra!

El día iba pasando sin incidente anormal; doña María entraba y salía de rato en rato, atendiendo más a Magdalena que a su propia casa, y casi podía decirse que se había mudado a la casa de ella. Adueñada de la morada de la enferma, recibía, atendía a las preguntas, respondía, zanjaba dificultades, y hasta llegó a pagar el alquiler de la casa, al llegar el cobrador, que nada sabía de la muerte de Margarita.

—Para que no tenga usted que volver; que la niña está muy mala... —le dijo en voz baja.

Sobre las cuatro de la tarde se encaminó a su domicilio, ya para aguardar a su esposo, pues era la hora de volver éste de la oficina, ya para atender a la cocina, que no dejaba nunca completamente bajo la dirección del asistente. El militar se había adelantado a su hora acostumbrada de llegar, y mostrábase esquivo, de mal humor y hasta brusco en sus contestaciones.

—¡Oye, chiquillo! —le preguntó su fiel compañera con aquella voz cariñosa que pocas veces cambiaba de tono—, ¿qué rara mosca te ha *picao*? ¿Has jugado y has perdido? —y poniéndole la mano en la cabeza con zalamería, agregó—: ¡Oye, *saleroso*! ¿alguna... —e hízole un guiño— te ha puesto de patitas en la calle?

—Vamos, mujer, déjame tranquilo, que no estoy para bromas —respondió Francisco de mal talante.

—Pero, criatura, ¿qué te pasa, Santo Dios? ¿Y, si estás de broma, la vienes a tomar conmigo? ¡Vamos, Francisco, déjate de esa cara de pocos amigos! ¡Ea! ¡no te hagas *pesao*! Habla, hijo, que aquí está tu mujercita para quitarte *toas las pesaíllas* que tengas; camina —y acercando el rostro al de su esposo, le preguntó con adulación amorosa—: ¡Vamos, tonto! ¿quieres que te dé un beso?

Desarrugó el entrecejo el teniente, y se sintió desarmado por los cariños y los halagos de María. No pudo menos de sonreírse y responderle:

—¡Válgame, que vales lo que vales! ¡Ay! mujer, que quieras que no quieras, hay días en que le amargan a uno la vida, hija —y apretando los puños, prosiguió—: ¿Por qué se me ocurrió entrar hoy en ese Círculo, al salir de la oficina?

—¿Qué te ha *pasao*, hijo? Cuenta, que por grande que sea la cosa, más grande es la *Catedrá*, y...

—Maruca, tienes razón; pero no puede uno dejar de volarse... Siéntate y escucha —y tratando de serenarse, continuó—: Entré en el Círculo Español, como te he dicho, iy en mala hora fue! Miraba jugar al dominó, en tanto que fumaba un cigarro, y estaba de lo más distraído, hasta olvidarme de dónde me encontraba. En esto, siento una mano pesada que se me pone en el hombro, y un vaho a aguardiente, y una voz que me bufa en la oreja: «Don Francisco, ¿cómo va la vecinita?». Me vuelvo, y me doy con el marrano del bodeguero de la esquina, con sus aperos de capitán de voluntarios, atreviéndose a tocarme y a interrogarme soezmente. Sentí que la sangre se me subía a la cabeza, me contuve, y sacando fuerzas de flaqueza, con una pachorra que no me conozco le respondí: «¿Habla usted conmigo?», «Vaya, teniente, no hay que hacerse el disimulado; demasiado me entiende usted». «iQue no le entiendo, vaya!» añadí rudamente, presintiendo que me iba del seguro, al mismo tiempo que comprendía perfectamente la infamia de ese canalla, y, tratando de cortar la conversación, le volví la espalda para marcharme; pero, ese desgraciado a quien el aguardiente da valor e impulso, chocarrero y atrevido, guiñando los ojos a los que estábamos reunidos, tuvo la osadía de tomarme por la solapa del cuello de la guerrera y añadir con el mayor descaro y procacidad: «iVamos, teniente, no hay que negar su buena fortuna, y hace usted bien! ia la *mambisa* aprovecharla!». Comprenderás, María —y al decir esto había en sus facciones una lástima inmensa—, que aun no me había lanzado la frase esta, cuando ya, de un revés, había ido a rodar contra la pared, y con dos bofetadas más... y... si no me lo arrancan de las manos, lo espachurro para todos los días de su vida. iMiserables, que solo sirven para infamar el uniforme y llenar de lodo a la pobre España! —y el teniente pasóse el pañuelo por el rostro, sofocado por su relación y por el recuerdo.

—Bien hecho, Francisco; pero, lo *pasao, pasao*. ¿Te has hecho justicia? Pues andando, y que tu mujercita no pague lo de gentes que nada valen. iDesarruga, hijo, desarruga!

—Tienes razón, pelillos a la mar, y andando. iPobre España! —murmuró todavía. Y fuese hacia el interior, a bañarse y mudarse la ropa del trabajo por otra liviana, haciendo propósito de no salir aquella noche y aislarse cuanto le fuera posible en los días subsiguientes.

Contóle María las recomendaciones y la opinión del doctor, la ansiedad por la enferma, y en ambos se aumentó el cariño y compasión hacia Magdalena, ante la perspectiva de una catástrofe que podía... urgir en cualquier instante, y no cesaron, en sus pláticas de aquella tarde, breves y desabridas, de lamentarse de que la guerra era la responsable de todo y la plaga más terrible que pudiera caerle a un pueblo.

IV

Cercano a la casa de los Delamour, mucho tiempo antes de haberse mudado ellos a la calle del Rastro, vivía una familia bastante acomodada, meticulosa en sus hábitos y relaciones, enemiga de la revolución y acérrima partidaria de la Integridad Nacional. Y lo era, no solo por los terrenos de que eran propietarios en el campo, y cuyos sembrados y edificios habían sido destruidos por los *mambises*, sino por ser el jefe de ella peninsular de arraigo, de antiguo residente en Santiago, donde logró fortuna regular, posición social y respetabilidad, aumentadas por los vaivenes de la insurrección, que hacía ascender y descender personalidades y aumentar y disminuir la riqueza.

El jefe de esa familia contrajo matrimonio con la hija de un comprovinciano suyo, que legó, al morir, pequeño peculio a su descendencia; de ese matrimonio tuvo algunos hijos, y ahora era uno de los tantos oráculos de ciertos conciliábulos de integristas rabiosos.

En los clericales, sobre todo, en el «Círculo Español» defendía, con tenacidad y verbosidad asombrosa, las ideas fundamentales del conservadurismo colonial: la Iglesia en todas sus jerarquías, y la patria española representada por cualquier autoridad, fuese grande o fuese chica. El título de incondicional, lema de los que, poniéndose al lado del gobierno, ofrecían a todo momento, por lo menos en manifiestos y periódicos, vidas y haciendas, era el tema único de constante discurseo y de sempiterna protesta.

Don Antonio Abad de la Calzada llevaba admirablemente sus cincuenta y cinco años como aquel para quien no son una carga los días que pasan; no era ni muy alto ni muy bajo, robusto, casi cuadrado, de cabeza gruesa, facciones bastas y vulgares, a las que servía de marco una barba canosa de pelos ralos. Sus manos regordetas y peludas batían el tambor sobre el vientre, algo abultado, aprisionado por un chaleco fuertemente ceñido, cada vez que se entretenía en escuchar a los demás. Era pulcro en el vestir, muy aseado, de hablar acompasado, inalterable en apariencia, pues jamás permitió que se le asomase al rostro indicio alguno que revelase lo que bullía en su cerebro o en su corazón.

Mostrábase severo con su familia, y después de estallada la insurrección, agriado quizás su carácter por el hecho de la rebelión, o bien por el espíritu autoritario encarnado en él y centuplicado por los acontecimientos, su severidad se transformó en tiranía, cortando amistades, criticando y maldiciendo de los hijos espurios de la madre patria, sin reparar que medía con el mismo rasero a sus propios familiares. Cuando hablaba así, movíansele las quijadas y la piel de la frente, parecía que su barba avanzaba hacia el oyente, y adquiría un aspecto raro y extravagante. Los que no simpatizaban con él, pero que le respetaban cara a cara por sus influencias con el gobierno, le zaherían tan pronto se alejaba, con buen cuidado de que la frase satírica que iban a propinarle no pasara del oído del amigo.

—Habló el orangután, ¡chitón! —era lo menos con que se le fustigaba...

Doña Rosalía, su mujer, buena hasta la debilidad, se sentía acoquinada ante él y sometida por completo a su imperio. En su morada no se atrevía a hablar, no tenía opinión propia, no existía familiaridad para con los hijos, quienes, varones y hembras, pensaban como el padre. Solo Fernando, el menor, discrepaba de los demás, y, a escondidas, pasaba a ser el paño de lágrimas de su madre, halagándola a hurtadillas, cuando el tirano salía, y hablándola de libertad, nombre que oía pronunciar por las calles, y aun en el mismo «Colegio de San José», donde había un núcleo de jóvenes de familias fielmente cubanas.

—¡Calla, hijo! —exclamaba doña Rosalía estrechándolo entre sus brazos—; ¡me vas a matar! — y toda asustada, aun considerándose sola, parecía temer de todos, hasta de sus propios hijos.

De la Calzada, muy perspicaz en los negocios, y astuto al mismo tiempo, sabía leer y adivinar en los demás lo que parecía más oculto, y sea por el motivo que fuese, tal vez porque Fernando manifestábase huraño con él, lo cierto es que le trataba con despego y con mayor dureza que a los demás, hasta el extremo de que más de una vez, sin motivo aparente, había levantado la mano en actitud de pegarle, no llegando a realizarlo, quizás, por una mirada de dolor de la madre, tan expresiva que desarmaba momentáneamente aquella ira más que injusta. Pero si no llegaba a pegarle, le increpaba brutalmente, bufando ante la madre:

—¡Ese cachorro nos va a dar qué hacer! ¡Cabezón, sinvergüenza! ¡Lo cuelgo!...

El muchacho callaba, íbase al patio, tomaba un libro de los de estudio, y trataba de olvidar la desgarradura que había hecho en su corazón la dureza de su padre. Su madre, fingiéndose la hacendosa, entraba en su aposento y se enjugaba los ojos...

Ocupaban una casa en la esquina de la calle de La Habana, frente a la tienda del bodeguero don Pedro, y, aunque de tan distintos modales y cultura, no se llevaban mal los que congeniaban por su común odio a los cubanos. El odio en el bodeguero era el natural de la chusma brutal y sin conciencia; en don Antonio era refinado, hijo del cálculo y el interés por los bienes adquiridos. Su vanidad, originada al ser tenido por un personaje, y ser escuchadas sus palabras como aforismos, y verse halagado por los gobernantes y oficiales en el «Círculo Español», tomó mayores proporciones. Era encarnación mental de aquella mayoría de advenedizos, buscadores de oro en Cuba, que llegaban con las ideas preconcebidas de que España era lo sagrado; de que el Gobierno de la Metrópoli era España; de que toda autoridad era España; de que toda orden emanada, ya del Capitán General o del último cabo de vara, era España; de que el que mandaba era perfecto y era España; y la crítica más ligera encendía en don Antonio el coraje y le hacía sentir rencor contra los que se atrevían a no acatar ni aceptar todo lo ordenado por los que mandaban, no como bueno, sino por emanar del superior.

Y había una lucha constante en don Antonio; amaba, a pesar de todo, a su familia, y por temor de perder el prestigio de su autoridad se imponía a ella con extraordinaria aspereza. Su esposa callaba y bajaba la cabeza, sin contradecir a ninguno de sus mandatos ni a ninguna de sus observaciones; los hijos mayores callaban también, excepto Fernando, que se permitía alguna vez replicar débilmente; insignificancia que para el padre era una montaña. De las dos hijas, Concha, la primera, y Rosa, la segunda, estaban identificadas con él de tal modo, que no solo eran el reflejo de sus ideas y de sus actos, sino que Concha iba más allá aún que él, acatando, propalando y haciendo suyos los sentimientos del autor de sus días, sin su habilidad jesuítica, en momentos dados, porque no tenía el tacto ni la destreza de don Antonio.

—Rosalía, niñas, va a dar la una —les dijo un día el frenético integrista—. ¿Queréis que os acompañe a casa de la difunta doña Margarita? Os dejaré allí, que he de ir hasta la entrada del Cobre; habré cumplido y cumpliréis vosotras también; que no se diga que por estar distanciados nos comportamos groseramente. Bastante fatalidad le ha caído a esa niña con la muerte de su madre, y... ¡como separarse del camino recto trae consigo tantos sinsabores! Esas locuras de gentes perdidas, arruinadas, sin ley ni rey, han envuelto a la Isla tan feliz en las mayores desgracias. ¡Cómo castiga Dios a los que reniegan de su patria! —y yendo a su esposa, le dijo directamente, como si recelara de su debilidad de carácter, le molestara su visible inclinación a Fernando y temiera la pérdida de su total dominio sobre los suyos—: ¡Que sirvan las desgracias de esa familia para experiencia de los demás, y la muerte desastrosa del hijo para ejemplo de pillastres traidores!

María acababa de hacerle tomar a Magdalena unas cucharadas de leche, a fuerza de súplicas y recomendaciones de madre, y decíale, como otras tantas veces:

—Hijita, no hay que dejar que el mal se nos haga amo; vamos, por el doctor tan bueno, por tu misma madre que nos ve desde los cielos —y así pudo lograr hacerle aceptar lo que el estómago no le pedía y su garganta rechazaba, cerrada a todo alimento.

Junto a ella, contemplábala en su decaimiento, y brotaba de su corazón un raudal de cariño que crecía y se agrandaba, mirando que, cual lámpara que se extingue por falta de combustible, quizás iban a ser impotentes sus desvelos e inútil la asiduidad de la ciencia para volver a la vida a aquella criatura, abatida por rápidos y duros acontecimientos que, estrujando su alma, parecían haber consumido las energías del cuerpo.

—Volveré pronto, hija. Susana, si me necesita para algo, llame —y María se adelantaba a la sala, cuando llamaron a la entornada puerta, sujeta una de las hojas por un pedazo de ladrillo.

Al abrir, entraron doña Rosalía, sus hijas Concha y Rosa, y con ellas don Antonio, quien, con su habitual cortesía, después de los saludos de los suyos a María, al darle la mano con una especie de familiaridad protectora, inquirió por el estado de Magdalena, en cuya pena le acompañaban, y si podían pasar a verla.

—¡Cómo no, don Antonio! Pasen —y pensó María que la visita sería una compañía útil en los momentos en que la enferma quedaba sola, a pesar de lo prescrito por el doctor.

—Magdalenita —y la chiqueaba—, aquí tienes a don Antonio y a su familia, que vienen a verte. Habla poco —y con su franqueza andaluza, dirigiéndose a doña Rosalía y a las niñas, agregó—: Conversadle de cosas... alegres; que escuche y no tome parte en ellas, que está muy débil. Con que, señora, ahí le dejo a mi niña; don Antonio, hasta otro rato —y marchóse dejándoles instalados en el aposento—. Magdalena, quedas en buena compañía, por un rato nada más; vuelvo pronto.

Magdalena abrió los ojos, y durante un instante los mantuvo así; miró a los visitantes, movió la cabeza, y suspiró.

Don Antonio se adelantó a tomarle la mano, y, mostrando una cara apropiada a las circunstancias, excusándose de no sentarse por diligencias urgentes, le dijo:

—Señorita, hemos tomado viva participación en sus desgracias, y como mortales, estamos sujetos a la voluntad de Dios. ¡Paciencia, resignación, que el tiempo cicatriza todas las heridas! Le dejo a Rosalía y a mis hijas, y... ¡acompaño a usted en su sentimiento! —y fue con esta frase vulgar con que se despidió de ella, sintiéndose apocado ante el aspecto de profunda tristeza de Magdalena.

Las mujeres permanecieron calladas un buen espacio de tiempo: doña Rosalía rompió el silencio, y dando a su acento toda la bondad oculta en su alma, sentimientos rechazados cada vez que intentaba darlos a luz por el respeto temeroso a su marido, le preguntó:

—¿Cómo se siente usted, hija mía?

Esa sencilla pregunta pareció despertar a Magdalena, quien, apenas dejaban de hablarle, se ensimismaba en sus ensueños o en su anemia. Miró a doña Rosalía y balbuceó casi imperceptiblemente:

—Mejor; gracias —y cerró los párpados de nuevo.

Concha entonces inició la conversación, y ante ella, la madre, acostumbrada a guardar silencio, calló a su vez, y la hija, falta de tacto, o inconscientemente, sin saber acomodarse al estado de la enferma, o ya porque en ella solo se reflejaban las ideas del autor de sus días, le dijo a Magdalena con dulzura, aunque con cierta acritud en el fondo:

—Lo que dice papá: hay que conformarse con la voluntad de Dios, y después, uno mismo se busca muchas veces aquello que le sucede.

Recorrió el cuerpo de Magdalena un ligero temblor, quisieron colorearse sus mejillas, y solo se notó en ellas una sombra terrosa; levantó los párpados, miró a Concha, y en aquellas pupilas mortecinas había una interrogación dolorosa. Ella lo comprendió así; doña Rosalía presintió que su hija iba a ir por mal camino, e intentó detener su impulso, sabiendo que inconsideradamente podía convertir esa visita de duelo, hecha para consolar, en una discusión de amargos efectos.

—¡Niña! —terció doña Rosalía con cierta severidad, respondiendo por Magdalena a la frase de Concha.

Pero aquella palabra, que debía servir como toque de alarma a su hija para hacerla desviar del tema emprendido, solo le sirvió de acicate para continuar.

—¿Qué, mamá? Decir que Dios, con su voluntad, se nos impone, ¿es malo? ¿Y no es cierto que nuestras desgracias son hijas de nuestra conducta? El ejemplo se ve en nosotros mismos, mamá. Papá no se cansa de aconsejarnos, y predicarnos, y hacernos ver lo que pasa en nuestra tierra; ¿cómo es que Cuba, tan tranquila antes, se ha convertido ahora en campo de odios? Y si mis hermanos no nos han dado el triste espectáculo que... otros, solo lo debemos al camino que se nos ha trazado, a la religiosidad que se nos ha imbuido, al amor que se nos ha inculcado hacia nuestros antepasados y hacia la madre patria. ¡Ah! nunca daré bastantes gracias a Dios por ver que la desolación que hay por dondequiera nos respeta y respeta nuestra casa.

—¡Niña! —volvió a requerirla doña Rosalía con mayor amargura aún, mirando que aumentaba la palidez de Magdalena.

—¡Mamá, si no digo nada que no se pueda oír! Tú sabes demasiado que papá nos sermonea a menudo sobre esa libertad mal entendida del día. Todo está permitido hoy, y todo el mundo se cree con autoridad para hablar de la religión, de la patria... ¿No te acuerdas de aquel papelucho que papá, después de leído, tiró incomodado? Pues refiriéndose a la salida para Francia de nuestra reina de España, doña Isabel II, se permitía, haciendo comparaciones, disculpar a los cubanos por su insurrección. ¿Está bien eso? Y estas son, como dice él, las doctrinas disolventes que han echado a perder a nuestra juventud y la han llevado a la devastación de nuestra tierra.

—¡Niña! —volvió a replicar doña Rosalía con acento tan doloroso y de tanta súplica, que parecía que había sollozos en esa reconvención.

—No, mamá —continuó a más y mejor la imprudente Concha, como caballo desbocado que no obedece al freno—. Ya oíste a papá esta mañana, leyendo los horrores cometidos por los insurrectos en aquella tienda que asaltaron, robándola e incendiándola, y después asesinando vilmente al dueño y a toda la familia... ¡y a machetazos!... Bien decía papá: ¡esto no sucede sino en países de cafres, de hotentotes, de pieles rojas!... —y a cada uno de estos epítetos iba aumentando de voz y de tono agresivo.

Magdalena tenía los ojos abiertos desmesuradamente; sus facciones se habían desencajado más todavía de lo que estaban; una palidez verdosa las cubría por completo, y el cerco negro de sus ojos se había agrandado también. Llevó las débiles manos a los brazos del balance, afirmólas allí, y como si las frases insultantes de Concha, hiriéndola en su corazón, palpitante de dolor, la hubieran galvanizado, incorporóse cuanto pudo, y salieron de sus labios, como un soplo de réplica sangrienta, palabras entrecortadas, con voz reconcentrada y en tono tan bajo que solo las oyó doña Rosalía:

—¡Para... hienas... como ustedes... los cafres!...

Aquel esfuerzo había sido demasiado; quiso ella dar un grito, y lo que lanzó fue un suspiro; dejó caer la cabeza y rindióse el cuerpo a mortal desmayo.

—¡Susana! —exclamó doña Rosalía, en tanto que sus hijas, poniéndose de pie, trataron de sostener a la enferma para que no rodara del balance en que estaba sentada.

—*¡Bon Jé, bon Jé!*⁷ —se lamentaba la pobre negra, al acudir, tambaleando por la vejez y el sufrir; y tomando el cuerpo de Magdalena, para llevarle al lecho, ayudada por doña Rosalía, dijo a una de las niñas—: ¡Llamen a doña María! ¡Pronto!

—¿Qué pasa? —se escuchó. Y doña María, con viva ansiedad, penetró en el aposento, fue hacia Magdalena, quitó la almohada, dejando todo el cuerpo a la misma altura, y aun la cabeza un poco más baja; llegóse al velador, tomó un vaso, y por los entreabiertos labios de la joven dejó caer una cucharada de poción.

—¡Llamad a mi asistente! —y tan pronto como apareció éste, le ordenó—: ¡Volando por el doctor! —y permaneció limpiando la frente de Magdalena, empapada por un sudor frío.

—¡La crisis! —decía María como hablando consigo misma—. ¡Dios mío, aplaca tu rigor para con esta santa criatura! —y humedecidos los ojos, conteniendo el llanto, ordenó a Susana:

---

7   ¡Buen Dios, buen Dios!

—¡Calienta agua!

Doña Rosalía, angustiada, se le acercó tímidamente, diciéndole:

—¿Qué necesita?

—Nada, nada; gracias; déjenos —y quedó en el misterio la causa de aquel estado.

Volvió María a adueñarse de la casa, desconcertada ante la crisis no esperada tan pronto, y dirigiendo sus miradas, de Magdalena a un pequeño Cristo colgado a la cabecera de la cama, murmuró palabras y frases incoherentes de plegaria y de amor a la niña y al mártir del Gólgota.

—¡El doctor, pronto! —se decía, y se retorcía las manos con la misma desesperación con que Susana, de rodillas al pie del lecho, derramaba sus lágrimas, que no se le agotaban a pesar de tanto padecer.

V

Después de haber buscado al doctor Hartmann por diferentes lugares, sin encontrarle en ninguna parte, se supo que había marchado a Cayo Smith, la isleta que se halla a la entrada de la bahía, para una operación urgente: no estaría, pues, de vuelta sino al anochecer.

—¡Dios mío! ¡Dios mío! —no cesaba de repetir María. Envió por sebo y mostaza, y, por su propia iniciativa, aplicó a los helados pies de la enferma unas plantillas bien calientes—. ¿Por qué me marcharía yo? —se decía, figurándose que su presencia allí hubiera, si no evitado, tal vez atajado la crisis.

—¡Josello, largo a la Marina! Espera en la Casilla a que llegue la falúa, y le dices al doctor que venga volando —llamó después a su esposo, y le encargó que no dejase penetrar absolutamente a nadie en la casa, que el silencio más completo era indispensable, que iba en ello la vida de Magdalena—. Bien, hija, me quedaré; no temas —y tomando con mucho tiento una silla, y sin ruido, fue Garriga a sentarse a la puerta de la calle.

Antes ya había llegado *Popot*. Su perspicacia le hizo adivinar lo que ocurría, y apoyado en el dintel de la puerta del patio, con el sombrero en la mano, quedó convertido en una especie de estatua, sabiéndose que no lo era por la respiración anhelante y algunos comprimidos sollozos, por virtud de los cuales se le levantaban y bajaban las solapas del raído saco, que parecía cosido a aquel pecho escuálido.

Ya había oscurecido. Susana encendió una mariposa en un vaso colocado sobre un esquinero, y fue aquello una luciérnaga destacándose en un punto rojizo-amarillento, que parecía hacer más densas las sombras del resto de la vivienda.

María no se movía de junto a la enferma, y Susana, en una agitación constante, como una sombra silenciosa, se deslizaba del lecho a la puerta, de la puerta a la mariposa, todo maquinalmente, sin ruido, llevando en su alma las congojas que antes fueron únicamente patrimonio de la familia de sus amos.

El desasosiego aumentaba en María y en Susana; las horas se sucedían, y el doctor no llegaba. Si no venía, ¿qué iban a hacerse? ¿Llamar a otro? Ninguna de las dos manifestaba su inquietud, y ni siquiera se miraban, temerosas de infundirse la una a la otra las angustias que las devoraban.

—¡Adelante, doctor! —se escuchó por fin, dicho en voz baja por el teniente.

40

—¿Qué pasa?

—¡La crisis, doctor!

Este llegaba a pie, y avanzó sin más preámbulos hacia el aposento, saliendo a recibirle María.

—¡Una vela! —fue su primera frase, y tomando asiento en el lugar que había ocupado la andaluza, pulsó a la enferma.

María llegó presurosa con la luz pedida; tomóla el doctor y paseóla por el rostro de Magdalena, a quien levantó los párpados. Siguió con atención su respiración apenas perceptible, volvió a pulsarla, devolvió la vela para poder contar las pulsaciones reloj en mano, quedóse pensativo un rato, y sin dejar traslucir un solo pensamiento, dijo:

—Una cuchara y un poco de agua tibia.

Traído esto, sacó una cartera del bolsillo, disolvió en el agua una pastilla que extrajo de aquélla, y con una jeringuilla, absorbido en ésta el líquido, lo inyectó en el brazo de la paciente.

Durante algunos instantes fijó su vista en la joven, y abismándose por completo en ella, aguardó. Una aspiración de aire, seguida de otras casi imperceptibles, indicó que el medicamento hacía su efecto, y que la enferma tornaba en sí, y haciendo señas a María y a Susana, les dijo:

—Déjenme solo. Que no haya ruido de ninguna clase, ni entre nadie. He de quedarme totalmente solo: cuando yo salga, entrarán ustedes.

El doctor Felipe C. Hartmann, nacido en la ciudad de Baracoa, de padres norteamericanos, había conservado la nacionalidad de éstos. Sus cabellos casi blancos y su luenga y sedosa barba, con más hebras pálidas que oscuras, atestiguaban su edad, y, más que ésta, las fatigas y los sinsabores de una existencia accidentada. Disgustado de la vida de las poblaciones, y más de las pequeñas por las dentelladas calumniosas con que se complacen en herirse mutuamente sus más eximios moradores, fuese al campo a ejercer su ministerio, y la insurrección, como se llamaba la guerra de la Independencia, le sorprendió siendo el médico de los partidos de Mont-Taurus y Bayate en el Saltadero; región cuajada de hermosos cafetales y de grandes dotaciones de esclavos.

Ningún lugar mejor que aquel pudo encontrar para dar expansión a los sentimientos de su alma. Su cerebro, cultivado con exceso, encerraba gran instrucción e ideas de amor y de justicia universales; su corazón era foco de una caridad sin igual, y atendiendo y cuidando con la misma asiduidad al esclavo en sus padecimientos físicos y morales, que al amo, se hizo idólatra de los oprimidos; contrarrestando el autoritarismo del dueño con exquisito tacto, sobrellevándolo y convenciéndolo, supo atraerse a los propietarios de esas haciendas, de modo tal, que llegaron a respetarle y tenerle en gran estima, y llegó a ser un Dios para el esclavo, que siempre halló en él palabras sabias y consoladoras que le infundían ánimo, le daban resignación para sobrellevar aquella penosa vida y le hacían notar que los males alcanzaban lo mismo al más poderoso que al más desvalido.

Entre administradores y propietarios de tan distintos caracteres fue ganándose la voluntad de todos con una filosofía amplia y consoladora, mediante discusiones en que la fraternidad y el amor, su tema favorito, eran universales, logrando con ello desbastar rudezas de bearneses, suavizar ciertos instintos y hacer disminuir los castigos y sus crueldades.

Casi todos aquellos individuos, señores autócratas en los cafetales, ya por ser dueños o ya por ser administradores, sin cortapisa en sus voluntades, aptos y enérgicos para todos los ejercicios de la vida, y poseedores de buenas bibliotecas, objetos curiosos, plantas de frutos de países fríos y mesa suculenta con vinos añejos y costosos, no desperdiciaban ocasión de dar rienda suelta a la materia bruta que, en aquella vida de una naturaleza libre y bravía, encontraba acicate para mostrarse fogosa y llena de acometimiento. En sus garras caían, para saciar sus caprichos, la mulata de ojos voluptuosos y la negra garrida cuyas contorneadas carnes incitaban al deseo. Propicias éstas para una existencia de goces, con sus beneficios y sus halagos, rendíanse sin ofrecer resistencia alguna, y de aquellos apareamientos, socialmente desiguales, decía justamente el doctor Hartmann el mejor de sus argumentos para infundir compasión y lástima en el alma del que mandaba. Venían los hijos, y en ellos hacía hincapié el doctor:

—¡He, mon ami,[8] ¿no va usted a libertar a ese muchacho?

Rascábase la cabeza el interpelado, como si no se diera cuenta de la pregunta y temeroso de ser vencido por el afecto paternal, y a la segunda, tercera o cuarta intentona lograba el doctor su propósito con el tema de:

---

8   ¡Eh, amigo mío!

—¿Tendrá usted valor de dejar esclavo al descendiente de un francés, hijo de una Francia libre, para que sea castigado cuando grande por... —y en voz baja le decía al oído, conociendo el duro efecto que había de causarle— *un gredin d'espagnol*?...[9]

Al cabo de algún tiempo nuevos hijos venían a aumentar la familia aquella. Llegaban las hembras; el cariño para la más débil brotaba del corazón de aquel hijo de Europa, a pesar de estar dominado por todas las monstruosidades de un nuevo feudalismo, y el bueno del doctor volvía a la carga con:

—¡*Mon ami*, qué linda niñita!...

—¡Linda, en efecto! —y sonreía satisfecho el padre.

—Y ahora la cuestión es más difícil...

—¿Qué? ¿Cuál?

—Ya lo creo. ¡Qué lástima dan estas criaturas, nacidas... así, del error! Crecen sin educación, sin familia; tendrán una madre esclava, y a su vez... vendrán a ser pasto del hijo del dueño o de otro mayoral...

—¡*Nom de Dieu!*[10] no...

Y a la imprecación seguía, más o menos pronto, la libertad de la concubina, y su instalación, con la familia, en alguna estancia cercana, y sucedía que cuando la suerte convertía a su vez al empleado en propietario, imperaba en la finca nueva la familia antojadiza, convertida entonces en natural y legítima.

Al estallar la guerra, se reconcentró en la ciudad: el doctor Hartmann tomó casa en la calle de San Basilio, esquina a la de San Juan Nepomuceno, y pronto su fama de aciertos y de bondad le atrajo numerosa clientela; más aún, vino a ocupar el primer puesto como cirujano, y su opinión no faltó jamás en las consultas de casos graves, en que decidía y determinaba.

Entre amigos muy íntimos exaltaba la libertad de Cuba.

—¡Ya era tiempo! —decía. Y cuando algunos amigos se lamentaban de las pérdidas y de las víctimas de la guerra, les repetía—: Solo con el dolor se adquiere y se cimenta; no es posible fabricar sin destruir. Es la obra gigante de la humanidad. El deber es sacrificio, y el sacrificio se impone por patriotismo. Morir es evolucionar.

---

9   Un vago español.
10   ¡Nombre de Dios!

Cuando algún antiguo propietario, más o menos perjudicado o arruinado por la fuga de sus esclavos al campo de la rebelión, gesticulando y bufando de cólera blasfemaba por el estado de miseria del país, le dejaba desahogar y le contestaba con su dulzura imperturbable:

—*Mais vous les avez bien chanté a vos esclaves. La Carmagnole, le «Ça-irá» et même «La Marseillaise»... Ce est l'exemple, mon ami.*[11]

—*¡Je sui ruinée!*[12] —era la respuesta violenta, y se separaban, sin que en el ánimo del esclavista germinara por ello rencor contra el noble filántropo.

Pobres y ricos le llamaban en sus dolencias, y su ministerio era un verdadero sacerdocio: el lucro no fue jamás su objetivo. Más eran las cuentas perdidas que las cobradas, y esto que, tras de ser médicas, dejaba al cobrador en libertad de rebajar si el cliente lo pedía, y de prolongar el pago si así lo solicitaba.

—¿No cree usted, doctor —le preguntó una vez una madre—, que la leche de cabras es buena para la niña?

Y respondióla sonriendo:

—Para un chivito, inmejorable.

Al salir de una visita se detuvo largo rato, un día, ante una calavera, y filosofando consigo mismo, se olvidó del lugar en que se hallaba; llamada su atención por el dueño de la casa con un:

—¿Qué mira usted, doctor, con tanto ahínco? —vuelto en sí respondióle:

—¡Ah! contemplaba el cráneo de esta fiera.

Un día estuvieron puestos a prueba su caridad y sus deberes profesionales. La catástrofe de los Delamour fue posterior al suceso; los acontecimientos en la ciudad seguían su curso con todas sus iniquidades, con todas sus osadías y con todos sus rasgos de energía y de valor.

Al ir a montar a caballo, una mañana, para sus visitas cotidianas, se le presentó un individuo y le dijo, a solas, en su gabinete:

—Doctor, un herido le aguarda por el Dajao; a usted no le molestan al salir al campo; puede hacerlo como quien va al cementerio. ¿Quiere usted ir a curarlo?

---

11   Pero usted les ha cantado *La Carmañola*, el *Ça-irá*, y aun *La Marsellesa*. Este es el ejemplo, amigo mío.
12   ¡Estoy arruinado!

—Es mi deber —replicó Hartmann.

—Salga por el Camino Real de la Isla. Habrá quien le llamará y le conducirá al lugar. Antes de la tarde estará usted de vuelta.

—Bien —y el doctor, sin averiguar nada más, se encaminó adonde se le había indicado, y el individuo se retiró sin recomendar prudencia ni reserva: sabíase perfectamente cuáles eran las ideas de Hartmann y cómo se sentía cubano, y cubano rebelde, y fuera de esto, cuánta era su inagotable caridad.

Dos días después, no se sabe cómo, llegó a oídos del gobernador militar y civil, brigadier Morales de los Ríos, la noticia de que el doctor Felipe Hartmann había asistido a un insurrecto herido. Llegar tal noticia a un gobernante, cierta o incierta, era lo bastante para poner en peligro al individuo denunciado, mandar prenderle, sumariarle y juzgarle inmediatamente en consejo de guerra verbal.

El gobernador hubiera seguido estos procedimientos, que eran los empleados desde el comienzo de la insurrección, si, al ir a adoptarlos, no se le hubiera hecho saber que el doctor Hartmann era ciudadano norteamericano.

—¡Ciudadano norteamericano! —y dando una puñada sobre la mesa de su despacho, resopló con ira, al sentirse impotente para atropellar a sus anchas a un ciudadano de los Estados Unidos—. ¡Que se presente inmediatamente ese doctor!...

Con su tranquilidad habitual, dejando atadas las riendas de su caballo en la baranda del jardín de la Plaza de Armas, entró por la puerta de la Casa Palacio, diciendo a un ordenanza:

—El doctor Hartmann, mandado llamar por el señor gobernador —y pensaría, quizás, que sería para asistencia médica.

Morales de los Ríos, aunque perteneciente al Cuerpo de Ingenieros, era asaz grosero y brutal en sus modales; no sabía reprimir sus impetuosidades, y con el despotismo que se adquiere en el mando, y sobre todo en tiempos de guerra, al saludo cortés del doctor, respondió violentamente:

—¡Conque es usted el doctor Hartmann!

—El mismo: a su disposición, señor gobernador.

Miróle de arriba abajo, contempló breve instante aquella frente espaciosa, aquellos ojos azules y serenos, aquella barba plateada que, como los cabellos, parecían envolver la inteligente cabeza en una aureola, y le increpó:

—¡Conque es usted el doctor Hartmann!... ¡Vaya! ¡vaya! Usted ha asistido, en estos días, a un insurrecto herido, ¿eh?

—Sí, señor —contestó sin alterarse el bueno del doctor.

—¡Conque sí!... ¡Y lo dice! ¿Y cómo se ha atrevido usted a ello? ¿Y cómo no ha dado usted parte de este hecho a las autoridades?

El tono agresivo, el mirar altivo, las preguntas impertinentes, hicieron caer en la cuenta al doctor del porqué se le había citado; no hizo esfuerzo alguno para permanecer sereno, pues su ánimo estaba siempre por encima de lo que él llamaba «las pequeñeces de la vida», y sin inmutarse, respondió con la misma tranquilidad:

—¿Parte? ¿de qué?

—¡De haber asistido a un traidor!

—Cuando me llama un enfermo, señor, veo al hombre enfermo, no las cualidades del hombre. Nunca pregunto; esto me importa poco.

Mordióse el bigote el brigadier, y respondió duramente:

—¡Pero usted sabe que estamos en un período de rebelión; que bajo penas severas está prohibido el contacto con los rebeldes, y que el que infringe las órdenes cae bajo las penas militares!

—Todo esto podrá ser, señor; pero el médico no es legislador. Me llamaron, fui y curé. Que pertenezca a uno u otro bando, no me importa: mi obligación es aliviar al doliente; este es mi ministerio —e inclinó la cabeza, como si indicara que daba por terminada la entrevista.

Recordaría quizás el gobernador que el doctor, en aquella ocasión, era inmune por su nacionalidad; reprimióse, no soltó sus acostumbradas andanadas de frases malsonantes, y dando cierta entonación protectora a sus palabras, agregó:

—Bien, doctor, está bien. Y dígame usted, ¿quién vino a buscarle? ¿quién fue el herido? ¿en qué lugar le vio y le asistió usted?

—¡Oh! señor —y recalcó su respuesta—, ya tengo olvidado todo esto; mi deber es curar; no soy policía para denunciar —y esperó de nuevo, notándose solamente, por una pequeña contracción de cejas, que comenzaba a impacientarse.

Hubo un rato de silencio: nadie adivinó lo que pasaba en la mente de aquellos dos hombres, los cuales, frente a frente, parecían desafiarse, encerrados en sus respectivos deberes. Salió de su quietud Morales de los Ríos, gritando desaforadamente y mirando a Hartmann con torvo ceño:

—¡Está bien! Puede usted retirarse...

Llegaban hasta el salón inmediato las voces descompasadas del gobernador y las respuestas serenas del gran médico, y todo eran cuchicheos de aprobación, en unos, y de desaprobación, en otros.

Hizo Hartmann un signo de saludo con la cabeza, y con el mismo andar pausado salió de la Casa de Gobierno, requirió las riendas de su caballo, montó, y sin arrear ni volver la cabeza, siguió a sus visitas de enfermos, como si nada hubiera pasado.

En religión tenía el doctor Hartmann ideas especiales, y dondequiera y a todos las manifestaba, sin importarle que de él se dijese, cuando se trataba de ello:

—¡Qué lástima! Al tocarle este punto, es un chiflado. ¡Y tan inteligente en todo lo demás! —él conocía esa opinión, y la refutaba bondadosamente repitiendo:

—Digo como el Maestro: no saben lo que se dicen —era fervoroso espiritista, y si con profundo saber y múltiples conocimientos científicos trataba las cuestiones de su profesión, con verdadera unción evangélica hacía alarde de su fe y de sus doctrinas, y en cualquier caso la sonrisa constante que vagaba por sus labios era una sonrisa de bondad inalterable.

Contábase de él que, llamado a una casa pobre, halló a una enferma con una cruz de palma bendita entre los dedos y rezando con una contrición tan fervorosa que no advirtió la llegada del doctor. Después de contemplarla éste un rato moviendo la cabeza, la trajo a la realidad dándole los buenos días.

—¡Ah! doctor —dijo ella—, ¡estaba tan embebida adorando la Cruz!

—Ya lo veo; pero ustedes, los católicos, son muy originales...

—¿Por qué, doctor?

—Ya lo creo, y le voy a poner un ejemplo. Una persona amada por usted es llevada al suplicio y sufre la última pena en la horca. ¿Usted adoraría la horca porque en ella pereció esa persona?

—¡De ningún modo, doctor!

—Pues, entonces, adore usted al Cristo, y no el patíbulo donde fue sacrificado —y sonreía a la enferma, la recetaba, enviaba a la botica por la medicina, que regalaba a la paciente, y no cobraba tampoco la visita.

La mortecina lámpara de petróleo reverberaba una luz de tan poca intensidad, que solo se alcanzaba a percibir en la sala al teniente y a María como dos bultos informes. Susana y *Popot* desaparecían por completo en la sombra del pequeño comedor, limitado por la puerta del patio.

Un grillo dejaba escuchar desde el patio su incesante canturria; de cuando en cuando el aire movía en el patio las ropas tendidas en cordeles para secarse, y, agitadas, se azotaban con el movimiento, produciendo un ruido flojo de cosas sin consistencia.

En el aposento la oscuridad era mayor. La lamparilla lo dejaba todo en densa lobreguez, y las ropas blancas del doctor y el cuerpo de Magdalena acostada, con las ropas puestas, casi, casi no se vislumbraban.

Hartmann extendió ambas manos y las posó suavemente en la frente de la niña. Hacía una invocación y decíale a la enferma:

—¡Duerme!

Infundía en ella sus poderes magnéticos, para hacerla obtener el reposo del cuerpo, y quería llevar a su alma el consuelo y la esperanza, transmitiéndole sus ideas y su fe.

—¿Me escuchas, Magdalena, hija mía?

—Sí —se adivinó qué decía la boca perdida en la negrura del aposento.

—Escucha, pues, hija mía; yo soy tu padre, soy tu madre, soy tu hermano que venimos a hablarte. En este momento no es el doctor Hartmann. Recuerda conmigo tu pasado de niña, piensa en aquella noche tenebrosa en que tu padre llevó a tu hermano a mirar lo infinito desde la cima de una montaña y le enseñó las luces de arriba y le hizo ver las luces de abajo; arriba, lo grande, lo misericordioso: Dios. Abajo, las miserias, los vicios y los dolores. No hay criatura exenta de gozar de lo uno ni de padecer de lo otro: los sufrimientos son los peldaños para alcanzar el más allá. Todos los que amaste están allá, te ven y esperan en ti. No los aflijas con tu desesperación, no acortes tu vida abandonándote y no haciendo nada por sostenerla. Tienes que vivir, debes vivir por ellos y por ti; por ti, que cometerías un suicidio si no reunieras en tu alma todas las energías y no te dijeras: «¡Quiero vivir!». Y atiende a estas mis últimas palabras —y acercó los labios al oído de la enferma, como si temiese que las paredes se apoderasen de lo que iba a decir:

—La obra de tu hermano no está cumplida; en ti confía, en ti espera; mi corazón me lo dice, y mis palabras son el eco de mis presentimientos. Substitúyele en el deber. ¡Yo te lo ordeno! —y oprimiendo con ambas manos la frente de la enferma, como un iluminado que quisiera llenar de su fe a un creyente vacilante, murmuró, con acento sentido, sacrosanto y lleno de unción—: ¡Magdalena, cumple con tu deber; vive para la patria, que en ti confía!... ¡y en ti espera!

Hubo un largo silencio, y agregó Hartmann, antes de separar sus manos de la frente de la joven:

—¡Tú vivirás! Duerme tranquila, hija mía; duerme, ¡y que los ángeles velen tu sueño!

VI

—Hay que velarla —dijo el doctor Hartmann, al marcharse, dirigiéndose a María y a Susana. Y añadió—: Que nadie, nadie en absoluto, la vea, solo ustedes. De tiempo en tiempo, entren para observar si continúa tranquila; nada más. Cualquier novedad que adviertan, me lo participan inmediatamente.

—¿Cree usted, doctor...? —preguntó María con ansiedad.

—Creo que se salvará. ¡Esperemos en Dios! Ahora duerme en calma; hay que evitar que despierte. ¡Que descanse! Lo principal es impedir cualquier sobresalto. Si logramos que pase toda la noche en esa placidez inconsciente, mañana no le quedará sino una gran debilidad subsanable, y la crisis no habrá sido fatal.

—¡Dios lo querrá, doctor!

Apenas partió este, fue María a su esposo y le dijo:

—Me quedo a velar a Magdalena; cuando te canses, ve y acuéstate.

—Está bien, mujer —respondió el oficial—. Se hará lo que ordenas.

—Mira, escucha —agregó deteniéndole— ve por la palmatoria... y tráemela con su vela... y fósforos también. Oye, tráeme, además, la cafetera con café... y el reverbero... Aquí lo calentaremos —y esas peticiones e interrupciones desconcertadas indicaban la inquietud de María.

La palmatoria era un pequeño candelero con un bombillo de cristal de color rubí, con arabescos blancos grabados en el vidrio; y tenía un pedazo de candela esteárica consumida hasta la mitad. Púsola María en la mesita de la sala, para lo que pudiera ofrecerse, y fue a comunicar sus pensamientos a Susana, que ni aun se atrevía a suspirar por temor de despertar a su niña.

Popot se había acurrucado bajo un alero del tejado, en el patio, y le había dicho a Susana:

—Al necesitarme, dormitando o dormido, llámame.

Las campanas de la iglesia de Santo Tomás comenzaron a doblar con el tono lastimero de cada noche, a las nueve, por el descanso de las ánimas benditas, y sus vibraciones sobrecogieron el corazón de los que velaban. Era explicable el efecto: encontrábanse María y Susana en un estado de sobreexcitación que no les permitía discernir con juicio. Los sucesos habían venido precipitándose de tal manera, que hacía días que no descansaban, y esta falta de reposo venía a aumentar la aguda tensión de sus espíritus.

Cada sonido, dilatándose en la atmósfera, resonaba en ellas de una manera temerosa, y cuando cesaron los dobles, sintiéronse aliviadas, ensanchando el espíritu, como si con ellos hubiera cesado también un fatal conjuro que trajera a la imaginación fantasmas pavorosos. Encarnábanse en su visión, a oscuras, seres que se agitaban y movían como líneas de luces imperceptibles, y la fantasía creaba, borraba y agrandaba, en formas externas, las impresiones de inquietud que las agobiaban.

Suavemente fue María a Susana, le tocó el hombro y le dijo bajito:

—Vamos a verla —no hubo necesidad de otra explicación, y ambas, como verdaderos fantasmas entonces, entraron en la habitación de la enferma.

María llevaba, para mayor precaución, la palmatoria envuelta en un pañuelo y aplicaba la mano al bombillo, tratando de tapar más aún la luz, de suyo opaca y bastante limitada por el cristal purpúreo que la velaba.

Los dedos de María, cubriendo la claridad, transparentaban el rosado de las carnes de una mujer sana, de naturaleza robusta, atravesadas por los rayos de una llama fija y fuerte, dejando ver el color de la sangre que circulaba libre y rica.

Acercóse al lecho y permitió que una sombra luminosa, muy tenue, se difundiese sobre el rostro de Magdalena, y ella y Susana la contemplaron con avidez; no necesitaron transmitirse sus impresiones: éstas marchaban al unísono, y, sin expresarlo, sintieron alivio al mirarse. Magdalena, pálida como siempre, parecía dormir profundamente; por vez primera, después de largo tiempo, percibíase en sus labios, algo entreabiertos, como el reflejo de una sonrisa de satisfacción; soñaba seguramente, porque sus labios se movían levemente, como si la joven estuviese hablando con alguien que la escuchase.

La respiración era normal. En vez de tener los brazos tendidos a lo largo del cuerpo, los tenía recogidos y reposaban sobre el pecho, cruzadas ambas manos, una sobre otra, diáfanas, con transparencia de alabastro.

Ninguna virgen cristiana mártir pareció nunca más bella ni más santa, y solo le faltaba a Magdalena para ser imagen de la más perfecta de aquellas santas, una palma sobre el pecho, símbolo de la gloria y del martirio, tal como las visiones creadas por la fe en sus ardientes inspiraciones.

Púsose un dedo sobre los labios, María, y, seguida de Susana, ambas dejaron a la enferma reposar en la paz de su aposento. En la puerta no pudieron por menos las dos mujeres de estrecharse las manos; el doctor Hartmann las había unido aún más en su abnegación por Magdalena, y silenciosas ante una impresión de buen augurio, el apretón de las dos manos era la manifestación de una intensa alegría.

Magdalena soñaba; dormía bajo la influencia magnética de Hartmann, y si el cuerpo reposaba para recuperar el vigor perdido, no por lesiones del organismo, sino por depresión moral de angustiosos días, el corazón se aquietaba, la sangre circulaba sosegada, aunque débilmente, y la imaginación satisfecha destruía las impresiones que habían desgarrado a aquella criatura: impresiones de dolor inmenso, de llanto y de desolación.

Magdalena sonreía, y la sonrisa en esos labios de donde parecía haberse borrado para siempre, era indicio de que, con la tranquilidad material, renacían los ensueños de tiempos mejores ya pasados. Creeríase que niños alados estaban junto a su lecho inspirando las fantasías de su cerebro y aireándolas con las blancas plumas de sus alas.

Los labios pronunciaban para ella sola, pues los sonidos se perdían en su garganta: «y Cuba!... ¡Cuba!...». Y en ese nombre iban envueltos el perdón de las frases que la habían herido, provocando repentinamente la crisis; la esperanza de ver libre a su patria y la resignación, si no el consuelo, por la desaparición de sus padres y de su hermano, con fe de llegar a ellos al dejar de existir.

Veíase Magdalena en una planicie de hierba menuda y agostada por el Sol. Adherida por completo al suelo, con apariencia de alfombra de color amarillo terroso sin fin, sus pies la pisaban, andando al azar, y parecíale sentir a su alrededor otros pasos de personas que no veía. Alargaba los brazos tratando de alcanzar o tocar a aquellos a quienes sentía moverse, y sus manos se perdían en el vacío. Cansábase de caminar, sus fuerzas la traicionaban, ya iba tambaleante, y lo infinito se le semejaba, perdida la visión perfecta, un abismo al cual se sentía arrastrada, sin energías para resistir. Angustiada el alma, ya junto al borde, lanzó un grito de terror, que no oyó, ni resonó en ninguna parte; el país por el cual andaba no tenía aire ni eco, y, sin embargo, se sentía viva a pesar de la falta del elemento vital.

Precipitada a la inmensidad, sintióse detenida en la caída: unos brazos amorosos la retuvieron, y, tomándola entre ellos, la columpiaron con arrullo de canción de cuna, y escuchó el cantar de su madre cuando, aun en pañales, la hacía dormir y secaba con besos su llanto inocente.

Entonces varió el paisaje; el cielo se coloreó con un resplandor azulino que iba alzándose por detrás de unas peñas abruptas y bronceadas, surgidas ante sus ojos, como por encantamiento, en el lugar que creyó abismo, y tan escarpadas y ásperas, que aparentaban ser inaccesibles.

No vio la figura que la había salvado de hundirse en la sima, pero la adivinó, y sus ojos, girando sin cesar, buscaban ansiosos algo que le diera la solución del enigma en que se hallaba envuelta. Las peñas simularon entreabrirse y dar paso a un resplandor más intenso, y de ellas fue destacándose una figura que, lejana primero, más cerca luego, y casi palpable después, la hizo estremecerse de gozo y tender las manos hacia la aparición: era su hermano Pablo.

No era el Pablo ensangrentado y moribundo, sucias las ropas, tostadas las mejillas y negras las manos por la lucha cruenta, tal como lo había percibido al comprender la catástrofe; era un Pablo hermoso, con la fe luminosa como la de un Dios, y alargándole a la vez los brazos.

Púsose a marchar hacia él, y no llegaba a alcanzarle por mucho que corriese; siempre entre los dos la misma distancia se interponía. Se escuchaban aves trinadoras por doquier, luces de diversos colores reflejaban iris a su paso y en sus vestiduras; con los distintos destellos de los colores un dedo invisible iba escribiendo esta frase: «Son los pensamientos humanos».

De pronto desapareció su hermano, y desapareció toda visión anterior, y rasgado el horizonte, presentáronse ante sus ojos, como él, una santa trinidad, su padre, Margarita y Pablito.

Margarita sonreía a su hija, y don Pablo encarnaba en su rostro toda la bondad de su alma. Pablito, de pie, junto a ellos, indicaba un punto rojo entre brumas, donde leyó Magdalena, escrito en letras rojas también: *¡Cuba!* Y repercutió con fuerza en su corazón una frase de aliento y de energía: «Lo que hice yo, continúalo tú».

—«¡Sí!» —le respondió delirante; quiso lanzarse a ellos, y moviendo los tres la cabeza en señal de negación, le dijo Margarita: «No; todavía no. Tu derecho es el vivir; tu deber, el sacrificio». Y presentóle tres hermosas y grandes flores, pensamientos negros aterciopelados, como dedicados a ella. En ademán de darlos, fue alargándoselos uno a uno, y al querer tomarlos, como si fueran piezas de artificio, las despedía Margarita, y desaparecían, dejando tras sí un reguero de polvo negruzco brillante en el espacio. Perdida la última flor, una armonía celestial resonó en su alma, una estrella deslumbradora la fascinó, cerró los ojos, fuertemente lastimada por el destello, y al abrirlos de nuevo, solo pudo ver una inmensidad rosada que parecía cuajada de figuras conocidas, que venían, se abrazaban y se esfumaban.

Magdalena continuaba sonriendo, sonreía en su ensueño salvador, y tantas veces como María y Susana fueron a mirarla, volvían sonrientes también, diciéndose mutuamente:

—Duerme. ¡Dios la ha salvado! —y así las alcanzó el crepúsculo de la mañana a las dos, tan asiduas, tan caritativas y tan silenciosas.

VII

La convalecencia fue larga y penosa, y hasta octubre no pudo Magdalena comenzar a andar por sí misma. Hasta entonces se habían limitado sus esfuerzos a dar traspiés, y así pudo recorrer las habitaciones e ir al patio, apoyándose en Susana o en las paredes y los muebles.

—*Dá*, ¡hay que vivir! —decíale sombríamente a Susana, aludiendo con esta frase a la significación de su sueño, que no había olvidado.

—Sí, *mija* —repetía como un eco Susana, sintiéndose animada por la energía que revelaba la frase de Magdalena.

—¡Sí, vivir! —le reiteraba, echándole el brazo al cuello a su nodriza—. Vivir para seguir a Pablito y... ¡a mis viejos!... —e interrumpiéndose, agregaba: Procura saber de Juan —y había emoción en sus ojos cuando se expresaba así.

Susana hubiera querido quietud, paz; hubiera ansiado el olvido del pasado y seguir inadvertidos en la población; pero no se atrevía a contradecir a Magdalena, y repitiéndole que sí, la miraba tratando de leer en sus pupilas restos de debilidad o acceso de alguna fiebre no desaparecida por completo, a lo cual atribuía la persistencia de Magdalena por saber del negrito.

La mejoría fue acentuándose, y con la mejoría vinieron las fuerzas, y pudo, por fin, salir a la calle. La primera salida la hizo acompañada de María; la andaluza no había querido que fuese de otra manera; considerábase su madre, y lo era de veras por su asiduidad y su cariño.

¡Y cómo se sentía Magdalena atraída por una corriente de verdadera simpatía hacia aquella vecina que venía consagrándose a ella de manera tan desinteresada, que se había convertido en una verdadera hermana de la caridad para ella! Y su conciencia le decía:

—¡Y de tan distintos bandos! —por esto mismo a veces experimentaba una especie de remordimiento, sentíase hipócrita, y rebelándose contra ella misma, en momentos en que departían de mil y mil futilezas, en la estrecha intimidad del cariño solía decirle—: ¡María, la estoy engañando!

—¡Engañando! ¿En qué, hijita? —preguntaba la española.

Y dando Magdalena al rostro toda su melancólica dulzura, todo su fervor patriótico, tomándole las manos, estrechándoselas, y como si los ojos se le humedecieran, le respondía: ¡María, yo soy *mambisa*!

La andaluza, conmoviéndose a su vez, le replicaba con toda la rapidez de su noble y jovial pensamiento:

—¿Y qué?... ¡Allá los hombres!

Y luego, muy seria, agregaba:

—Magdalena, seamos hermanas como lo somos. Nosotras, las mujeres, estamos para sufrir y curar. ¡Ay! si pudiéramos gobernar, ni tú ni yo consentiríamos en que por tonterías se despedazaran los pueblos. ¿Que quieres esta libertad? Pues tuya es, y a vivir todos, y a ser felices. ¡Conque, Magdalena —y apretándola entre sus brazos le depositaba en la frente dos sonoros besos—, no me vuelvas con esos dichos... que me ofenderías de veras!

Entre los que diariamente no faltaban a preguntar por Magdalena, se contaba Fernando de la Calzada. Mañana y tarde acudía a saber de ella en nombre de su madre; familiarizado por el ir y venir, despertóse en él intuitivamente franca simpatía hacia la joven, trató de hacerse útil, y como estudiaba el idioma francés, le preguntó un día:

—Señorita, cuando esté usted totalmente restablecida, ¿tendrá inconveniente en darme una clase de repaso?

Esta idea del nuevo amigo sugirió a Magdalena una distracción y una utilidad en que no había caído: distracción, porque ocuparía todo su tiempo y detendría con ello el vagar incansable de su imaginación y los castillos en el aire que, como en lucha perenne, se habían apoderado de su cerebro; utilidad, porque de la clase recabaría alguna cantidad, por pequeña que fuese, que vendría a compensar lo que iba recibiendo de amistades sinceras para vivir. A veces la ahogaba el bochorno.

—¡Vivir de limosna! —discurría—. ¡Y no lo digo por orgullo, madre mía! —y fijaba los ojos en una estampa de la Virgen de la Caridad, clavada en la pared—. Tú lo sabes; ¡mi vergüenza es hija de mi inutilidad! ¡Quiero ser fuerte!

Y esa fuerza de voluntad latente que a una contrariedad se mostraba terca y tenaz, iba dándole vida material y determinando en ella una nueva manera de ser, variando su carácter, a fuerza de ser persistente.

—¡Hay en mi alma algo nuevo! —y después de permanecer pensativa, tornaba bruscamente a la realidad exclamando—: ¡Lo he soñado, lo he visto, sí!... —y concluía, como dirigiéndose a seres invisibles—: ¡Cumpliré con lo que se me ordenó!

Una mañana despertó afanosa como nunca, y llamando, como sus naturales auxiliares, a Susana y a *Popot*, les hizo sentar en la sala y les fue exponiendo su plan; éste era un plan magnífico! establecer una escuelita para niños del barrio.

—¿Qué les parece?

Aplaudieron ambos con entusiasmo la idea, y concertóse inmediatamente su realización. Para *Popot* era aquello de la escuela una ocupación; para Susana una salvación. Olvidar a Juan de cualquier modo era su afán y su tormento. El precio no importaba; cada familia daría por pensión lo que pudiera o lo que quisiera.

María se rió francamente de la resolución aquella, y cuando: Magdalena le explicó sus fundamentos y sus esperanzas, continuó riéndose a más y mejor.

—No te desapruebo, hija; anda; al contrario —y haciéndole una caricia, añadió—: ¡Con qué respeto habremos de hablarte en adelante, y hasta con ceremonia! ¡La señora maestra de escuela!

Con increíble actividad, al oscurecer de aquel mismo día, llegó *Popot*, muy satisfecho, diciéndole:

—*Mademoiselle, c'est fait*:[13] tiene usted discípulas desde el lunes entrante. *Madame Bombalier* me encargó que le dijese que cuente con sus dos niñas: *Marceline y Octavie. Monsieur Petitón, vous enverra ses deux garçons*,[14] y tenemos cuatro; *madame Devoes*, una; *madame Noblet*, cuatro. *Mademoiselle Froget* le enviará dos ahijados, *deux negrillons a sa charge*.[15] —y restregábase las manos de puro gozo—: ¡Ya tenemos once discípulos! *Ça va et ça ira*.[16]

—*Merci, Popot* —agregaba Susana a las palabras del buen amigo.

—¡Nada de gracias, Susana; es mi deber!...

¡*Comment laiser mademoiselle a la detresse! ¡Fi donc!*[17] ¡Sería culpable!... —y una unción religiosa se pintó en su semblante, elevando los ojos al cielo.

Y fue cosa curiosa, interesante y simpática, ver, el lunes siguiente, la llegada de los niños a la escuelita, y pocos días después mirar aquella casa, antes tan solitaria y tan lúgubre, convertida en una algarabía imposible. En los momentos de estudio, según decía Magdalena, momentos en que des-

---

13 Señorita, está hecho.
14 El señor Petitón le enviará sus dos muchachos.
15 Dos negritos que tiene a su cuidado...
16 Esto va bien, y esto irá.
17 ¡Cómo dejar a la señorita en el último abandono! ¡Bah!

cansaba ella y descansaban sus pequeños compañeros, como los designaba, la charla, los gritos, los saltos y el resonar de las carcajadas, eran estrépito que turbaba a toda la vecindad. María, por su parte, exclamaba:

—¡Cuánto chiquillo malcriado,

—Va usted a verlo ahora mismo, María —y dirigiéndose a los dos negritos, les preguntó—: *Venez ici, Pauline et Charlotte.* (Si les hablo en español no me entienden.) *¿Vous etes espagnol ou français?*[18]

Y los negritos contestaban en francés.

—Traduzca, hija, que esa lengua enrevesada no la entiendo; hábleme en cristiano —exclamaba María.

—Pues dicen que son franceses.

—¡Válgame la Virgen del Carmen! No sabía yo que en Francia hubiera tantos colorines —y sus carcajadas llegaban a la calle.

Fernando le había explicado a su padre que, por un peso al mes, Magdalena le repasaría sus lecciones de francés tres veces por semana, y don Antonio no había puesto obstáculo alguno a esa proposición, no solo porque no escatimaba nada para que sus hijos aprendiesen, sino porque de esa manera, ocupado el joven en sus estudios, no correría el riesgo de corromperse, ni oír hablar de una política que no debía conocer.

La escuelita sirvió para calmar y distraer la atención del celador de policía, fijada en Magdalena desde que se supo públicamente la muerte de Pablito y la entrada de Juan trayendo la fatal nueva. Los espías juzgaron inútil vigilarla con tanta asiduidad, y el gobierno creyó, por su parte, y quizás la presencia del teniente Garriga influyó mucho en esa resolución, que por ese lado la cosa estaba concluida. La infeliz criatura quedó tranquila en su desgracia.

Y por la tarde, el correr de sus discípulos animaba la calle del Rastro, sobre todo cuando, cogidos de brazos, bajaban en busca de la calle del Gallo, convertidos en calandrias, cantando en coro, desafinados y a grandes gritos, unos versos que comenzaban así:

Un tout petit infant s'en allait à l'école[19]

---

18   Venid aquí, Paulina y Carlota. ¿Sois españoles o franceses?
19   Un niñito se iba a la escuela.

VIII

No había habido manera de averiguar nada de Juan.

La insurrección continuaba su marcha, y con una constancia pasmosa el espíritu *mambí* fluctuaba por momentos entre un pesimismo abrumador y un optimismo sin razón.

Sabíase que en el campo de la guerra las enfermedades no cesaban; se conocía que faltaban armas y municiones, y era natural que los combatientes fueran disminuyendo por muerte, por cansancio o por emigración.

Gran número de partidarios de la santa causa cubana eran irreductibles, llevando grabado en el corazón el lema: ¡Independencia o muerte!, y en Oriente batallaban con denuedo y con fortuna los Maceo, Crombet, Moncada y García; pero a pesar de tales esfuerzos, y como en un incendio la llama llega presto a los cielos para extinguirse con la misma rapidez en sus propias ascuas, pronto dentro de poco[20] habían de señalarse los primeros pasos de la decadencia de la guerra.

Y a pesar de todo también, en el pueblo, sin conexión ni acuerdo, por impulso propio, natural en cada individuo el alma rebelde obraba independiente y marchaba al mismo fin.

Era una especie de consigna que entonces se tenían dada a sí mismos los cubanos; hombres y mujeres se consideraban soldados de la patria, auxiliares gratuitos que, sin más recompensa que el amor a Cuba libre, se sentían alentados por un valor que no se amilanaba ni discernía el peligro. Eran héroes anónimos, llevando consigo sus cargas de dolores, sus persecuciones, sus tormentos, orgullosos de su fe patriótica inextinguible.

El movimiento auxiliar de la insurrección se había organizado en la ciudad casi por su propia cuenta. Cada cual prestaba su apoyo sin consulta y sin jefe obligado, y cada barrio, y cada calle, y cada casa, eran nidos de conspiraciones más o menos felices, más o menos desgraciadas, y, al mismo tiempo, centros de recolección y remisión al campo de medicinas, de ropas, de municiones, de armas, por conducto de las arrias, por las locomotoras del ferrocarril de Sabanilla y Maroto, por los botes de los pescadores, por los prácticos del puerto, por los sepultureros, por los botadores de basuras, por los trenes funerarios, por cuanto representaba movimiento o locomoción:

---

20 (Sic.)

todo estaba de acuerdo, todo estaba entregado al servicio de la Revolución redentora.

Y el Gobierno de la Metrópoli no cesaba de enviar refuerzos y más refuerzos. ¡Soldados que venían a perecer por deber, por disciplina, sin amor y sin gloria!

Las ejecuciones militares eran periódicas, y el alma cubana vivía sin acobardarse, aunque en continuo recelo. Todo fusilado era llorado en cada hogar y cada ejecución venía a aumentar el número de las víctimas del martirologio *mambí*.

El despertar de Magdalena, por las mañanas, era una cantinela:

—¡Me precisa saber de Juan! —y esa idea, tortura de su cerebro, la irritaba e impacientaba, produciendo en ella cambios bruscos de carácter. No había logrado satisfacer sus deseos, pues nadie llegaba a decirle dónde podía encontrar al ser buscado, y así se sucedían las semanas, y pasaban los meses, con la misma imborrable preocupación y la misma abrumadora decepción.

Noviembre se acercaba, y habíase propuesto Magdalena, el día de los fieles difuntos, llegar por primera vez al cementerio, y llevar flores que, por no tener sepultura conocida el cuerpo de su madre, depositaría sobre cualquiera de las fosas comunes.

Confió su proyecto a María, y ésta, anhelosa de dar variedad a la vida monótona de Magdalena, aprobó sus deseos y le dijo:

—Francisco te conseguirá un salvoconducto.

—¿Vendrá usted conmigo?

—¡Cómo no, chiquilla! ¿Con quién habías de ir?

—Iremos en carretilla, María, pues con el agua de estos días, el camino debe de estar muy pesado.

—Pero, hija, ¿vas a gastarte dinero que no tienes?

—No, no, «María la sabia» —y le daba este epíteto cariñosamente—; tengo carretilla de balde. El carretillero *Chimbí*, ahijado de Susana, está siempre para lo que yo quiera.

—Pues entonces avísale, que iremos juntas las dos.

Era *Chimbí* —José de las Mercedes Medina— un negro muy alto y muy delgado, y muy criollo rellollo, como se decía de él cuando de él se hablaba, y de una habilidad pasmosa, no solo para disimular sus ideas, si no hasta para esconderlas perfectamente cuando así convenía.

Era honradísimo. De él se fiaban ciegamente los pulperos de la Plaza de Marte y de la entrada del Caney, dándole la carga de todo lo que compraban en los almacenes de la Marina. También a menudo era *Chimbí* el que llevaba el dinero para pagar las cuentas que debían algunos de los mercaderes. Frecuentemente a él encargaban la compra del tabal de bacalao, del saco de arroz de canilla amarillo, de la tercerola de manteca, del barril de frijoles colorados y del quintal de jamón americano, comestibles de diario despacho en las tiendas cuando, por cualquier motivo, no podía el dueño del establecimiento ausentarse de éste, ya por ocupaciones personales, o ya por estar de guardia el dependiente, como voluntario del primer batallón o como guía del general la Torre.

Esta confianza, estos servicios y su indiscutible honradez, dieron a *Chimbí* una total inmunidad, que le facilitaba el prestar muy buenos servicios a la causa separatista.

Chimbí, como la mayoría de los nacidos en Cuba, era de sentimientos insurrectos más o menos vehementes, y sabía, como decía él mismo sonriendo, «nadar y guardar la ropa». Y esta frase adquiría en él verdadero realce cuando, astutamente, al pronunciarla, quedaba con los labios entreabiertos, dejando ver su magnífica natural dentadura, e iluminado el semblante con cierto resplandor de candidez, acentuado por la especial comisura de sus labios.

Se acomodaba a escuchar y callar, y tomando nota en su memoria, para lo que pudiera hacerle falta más tarde, llevaba y traía a centros particulares las noticias adquiridas. Todo se le volvían interjecciones de admiración, monosílabos enigmáticos descifrados por sus marchantes, tenderos pertenecientes a las milicias voluntarias españolas, por signos de aquiescencia, cuando delante de él decían:

—¡Hay que no dar cuartel! ¡Machete a todo Dios! ¡Confiscación de bienes! ¡Sangre y fuego! ¡Viva España! —por recomendaciones eficaces de un tendero, de los calientes, obtuvo el ser el acarreador, gratis, para la Plaza de Armas, de los atriles de las bandas militares, en los días de retreta, eximiéndole este servicio del de honrado bombero, al cual, por las autoridades, estaban obligados los negros libres de la ciudad.

El 2 de noviembre se había anunciado con fuertes y pertinaces lluvias. Dos días antes el tiempo manifestóse huracanado. Gruesas nubes del Sur habían estado rastreando la tierra, tan bajas pasaban ráfagas que parecían aullar, atravesaban la ciudad, rompiendo gajos de los árboles de los patios y destrozando las salvaderas de la Plaza de Armas, y, además, habían arrancado de los techos muchas tejas mal colocadas.

La víspera había diluviado, y, durante toda la noche, los truenos lejanos del mar y los relámpagos, que fustigaban con su luz la negrura del cielo, habían hecho pensar en un franco ciclón.

Al mediodía escampó un tanto; por la tarde cesó el nublado, y el Sol se atrevió, aunque como avergonzado, a dejar caer sus rayos sobre los charcos que por dondequiera encenagaban las calles.

—¿Iremos? —había preguntado María.

—A las cuatro vendrá *Chimbí* con la carretilla.

—¿A pesar del tiempo, *hijica*?

—A pesar del tiempo, María —había respondido serenamente Magdalena.

Y así sucedió: a las cuatro menos cuarto, la carretilla de *Chimbí* se detenía a la puerta de la casa de Magdalena.

A esa hora el teniente Garriga llegaba a su casa, fuera de sí y en un estado de ánimo violentísimo.

Arrojó el sombrero sobre una silla; desceñido el sable, lo había lanzado a un rincón con verdadero ímpetu; el arma chocó con la pared, dando el metal, al rebotar, como un sonido quejumbroso, y al caer al suelo, el chasquido de la vaina contra las losetas produjo un son como de algo que se quiebra y rasga al contacto de un cuerpo duro y resistente.

Una silla rodó también, como si estorbara el paso, y Garriga lanzó una especie de bufido de rabia, de desprecio y de asco.

—¿Qué mosca te ha vuelto a picar, hijo? —exclamó asustada María al mirarle tan enojado.

—¡Quita allá, mujer! ¡Cómo no sentir rabia con estas cosas!

—¿Pero qué cosas?

—¡Qué han de ser! ¡Las mismas! —y púsose a referir que hacía una hora, poco más o menos, que el jefe de guerrillas, el ex tendero Joaquín Campillo, había traído presos a un pobre viejo, de unos setenta años, con sus dos hijos, uno de éstos de unos veintidós años, y agregado a ellos un yerno del anciano; que el simulacro de consejo de guerra verbal se había celebrado ya, y que, como siempre, habían sido condenados a muerte y serían ejecutados aquella misma tarde—. ¡Y estas son las cosas que nos pierden!

—¡Jesús nos valga! —exclamó María entrelazando los dedos de ambas manos con una crispación dolorosa.

—Mira, mujer, no vayáis al cementerio esta tarde, como habíais pensado; dejadlo para otro día —continuó Garriga—. Podéis encontraros con la ejecución, y para la infeliz Magdalena, apenas repuesta, sería terrible. Anda, dile que no puedes ir, sin indicarle el motivo. Inventa, hija, y convéncela de cualquier manera.

Dióse prisa María en ir a casa de Magdalena, y después de varias vueltas y más vueltas, con pretextos que resultaban fútiles, le rogó que dejasen el paseo al cementerio para el día siguiente.

—No vayamos, Magdalena; ha llovido mucho, el camino está infame, lodo por dondequiera; vamos, lo dejamos para mañana, ¿verdad, hija?

Magdalena, en cuya sufrida naturaleza había tomado posesión una resistencia pasiva a toda contrariedad, produciendo en ella cierta terquedad que no le permitía cejar o variar de plan después de haber tomado una resolución, entornó un tanto los párpados en señal de reflexión interna, y arqueando las cejas, respondió dulcemente:

—No, María; tengo allí —señalando un cacharro— manojos de adelfas, flores regaladas por las vecinas, que me he prometido llevar a mamá: iré. Si no puede acompañarme, no se moleste, María —y agregó con la mayor pesadumbre—: ¡Iré sola!

—No, no, hija; de ningún modo. Iremos juntas, puesto que así lo quieres; voy a arreglarme —y al salir murmuró con angustia—: ¡Válgame mi santa patrona, Nuestra Señora de la Agonía y de la Soledad!

Allá va la carretilla dando tumbos: tan pronto se entierran las ruedas en los cangilones que forman surcos en las calles, como tan pronto se inclina a un lado, hundida en las charcas, con amenaza de volcar. Ya salpica a las dos mujeres el agua llovediza, batida por las patas del cuadrúpedo al chapotear los aguazales que a cada paso interceptan la vía; ya se clava la bestia hasta las corvas, y ha menester del auxilio del conductor para bregar contra el lodo; ya agarrado éste de una barra forcejea hasta conseguir su intento de arrancar y empujar el carro, cuyas ruedas se clavan más y más en la tierra reblandecida, y así, con sobra de fatigas, va conduciendo *Chimbí*, lentamente, la carreta con sus dos pasajeras, hacia la calle del Rastro abajo, sin tropiezo alguno hasta llegar a enfrontar con el matadero, cerca del puente del arroyo Yarayó, en la entrada del Cobre.

En aquel momento el estampido de una descarga y algunos tiros sueltos despiertan a Magdalena, absorta en su aparente indiferencia, y con sobre-salto pregunta:

—¿Qué es eso?

María se da cuenta de lo que acaba de ocurrir, y oprimida, adelantándose casi a la pregunta, le responde:

—¡No mires, Magdalena! Voluntarios en ejercicios —y dirige a *Chimbí* una mirada anhelante, llena de súplica, mirada que comprende el negro, y fusti-gando al caballo, parte al galope para dejar tras sí el siniestro espectáculo, que adivina también.

Y con facilidad dejóseles pasar por el puente del Yarayó; el salvoconducto abrevió dificultades. Algún voluntario de los de la guardia conocía, además, a la señora del teniente Garriga, y asimismo a *Chimbí*, y no hubo reparo alguno.

—¡Ojo con los *mambises*, *Chimbí*! —se permitió gritarle un centinela.

—¡No hay cuidado! —respondió con tono guasón el carretillero, con risa en los labios, pero con el corazón deshecho por la ejecución militar que casi había presenciado.

Todo pasó inadvertido para Magdalena, y creyó fácilmente, dado su es-tado de ánimo, lo que se le había significado. Absorbía su interés en aquel momento el ir a depositar algunas flores en el lugar en que reposaban los restos de sus padres, y dominada por esta idea nada había podido percibir.

Ella y María atravesaron silenciosas la reja del cementerio; siguieron por el centro, con la vista clavada en el suelo y andando despacio. Las obligaba a ello el mal estado de la calzada central, medio deshecha por el uso, des-provista en muchas partes de ladrillos, y con huecos llenos de agua que el mal pavimento no había absorbido todavía.

El campo de la muerte era un lugar de abandono y de ruina. Algunos de los mausoleos inclinábanse por hundimiento parcial del piso reblandecido por las lluvias estancadas. Numerosas sepulturas, sin lápidas, estaban con-vertidas en hoyas llenas de agua fangosa, marcando, con líneas huecas y entreabiertas en los bordes, el tamaño de la descuidada fosa. Dos datileros, estremecidos por la brisa, mostraban en sus troncos punzantes ópimos racimos de frutos amarillos alimentados por el abono de los detritus humanos que sin cesar envía la ciudad de los vivos a la de los muertos, y allá, en el fondo del primer patio, limitado por unos escalones que conducen a una pequeña planicie, se levanta una cruz de piedra caliza, más triste y más sola que la soledad misma del abandonado camposanto.

Hierbazales de Guinea se ofrecen como potrero al caballo del celador-administrador, que pace libremente, escogiendo, entre abundante pasto, las ramas más tiernas, masticándolas y abandonándolas por otras menores. A ratos se detiene para rascar el cuello contra el mármol de algún mausoleo que le sirve como de tronco de árbol, y sigue adelante, pisoteando, paso tras paso, plantas de rastrera calabaza que se extienden frondosas y sin estorbo. Las flores de jardín no se ven en parte alguna, y ocupan su lugar malezas enmarañadas de ramitas espinosas con míseras florecillas silvestres entrelazadas y enredadas fuertemente.

Completan el cuadro murallas de nichos, ennegrecidos por la intemperie que los desencaja. Los familiares de los que fueron, en la zozobra de la vida actual, no piensan en los restos de los seres amados encerrados en lechos de cal y canto por la vanidad del momento, y al terminar el tiempo reglamentario del arrendamiento habrán de ser arrojados al osario común, en donde, mezclados los huesos, indistintamente, pulverizándose al chocar, quedarán hermanados múltiples residuos humanos, átomos con átomos, al convertirse en polvo, por la acción de los elementos naturales, tanto los que obtuvieron lecho mortuorio provisional como los que fueron abandonados a la suerte. Y como fauces entreabiertas de una boca gigante sin quijadas, llenos de podredumbre seca adherida a la bóveda, y sirviendo de vivienda a sabandijas, se muestran asquerosos, repugnantes y malolientes de humedad y corrupción, nichos vacíos, ojos del abismo insondable de la muerte.

Detrás de la cruz de piedra, a poca distancia, junto a la fosa general de los coléricos, se encuentra la fosa común de los pobres, sin lugar fijo, tan pronto aprovechando sitio desocupado como pasando a otra parcela cuando queda llena la primera.

A la huesa van los cadáveres de tres en tres, conservando quizás en la rigidez de los cuerpos fríos el calor de las almas y la fraternidad de la tierra.

En un pequeño descubierto, de arbolitos requemados y de tierra renegrida por el fuego, sobre más gruesas piedras que le sirven de asiento, la reja de hierro de una ventana grande reposa, ahumada por las llamas que la lamieron. Leños encendidos bajo de ella la transformaron en parrilla para incinerar los cuerpos de los que morían de la epidemia del cólera, y entre los carbones apagados que permanecen en el suelo, se miran pedazos de huesos carbonizados que, al desprenderse de la carne, rodaron por entre las rejillas. Al tostarse los cadáveres retuércense los miembros al calor del fuego, y álzanse los brazos, manoteando el aire como en son de protesta, como si la materia inmóvil y helada tuviese un alma especial, animadora de vida en ultratumba, y renaciera a una existencia nueva y misteriosa al pasar por el crisol del fuego destructor y purificador.

Las dos mujeres permanecían silenciosas. Magdalena se había arrodillado, y con la vista en el quemadero reflexionaba en si alguno de los residuos no enterrados habría sido de su desdichada madre, y sin lágrimas en los ojos, solo el corazón lloraba, su mente repasaba, en vertiginoso vuelo, el largo *Vía crucis* de su familia, cuyo único superviviente era ella. Su imaginación vagaba por lo infinito. Sentíase en contacto con los seres que tanto había amado; desaparecía de su vista la realidad presente, y sus sensaciones eran como presentimientos de lo porvenir, niebla que cual cristal pulido iba transparentándole figuras que solo existían grabadas en su ser íntimo.

Cercana al tronco de un framboyán, cuyas ramas cubren gran espacio, hay una mujer de rodillas también; parece orar y sollozar. Su traje está raído y no limpio; un mantón de algodón negro, gastado y con rasgones, cubre su cabeza y parte de su cuerpo, y manchas de distintos matices señalan el uso cotidiano que ha tenido. No está totalmente de rodillas, sino que descansa medio sentada sobre los muslos. Una fatiga de mucho andar, que se manifiesta por los pies y los bordes de la falda muy enlodados, la doblega completamente. La saya que se le ve es de irlanda blancuzca con listas rosadas, señalando, por el desgaste, frecuencia extremada en llevarla y gran pobreza en la dueña.

Era imposible leerle el rostro, y de tiempo en tiempo, con el mantón, envueltas las manos, límpiase los ojos, y se lleva la tela a los labios para contener los sollozos que se escapan de la garganta a borbotones. Es aquello un cuadro de extrema tristeza. María, de pie, reclinada a un tronco, viendo hacia todas partes; Magdalena, callada, con la mirada vaga y apretando contra el pecho el ramo de rojas adelfas, y la mujer que llora, imagen de la desesperación, no dando más señales de vida que los suspiros y los ayes de su alma atribulada.

Turban la quietud de aquel aislado lugar el ruido que se percibe, hacia la puerta de entrada del cementerio, de un carretón cerrado y el trotar de caballos; luego cruza el aire la interjección del conductor por el rudo choque de una rueda contra una piedra, y el rechinar de espuelas y vainas de metal que se agitan al galopar de los jinetes. Dos guardias de caballería, atravesando el camposanto, vienen a estacionarse junto a la fosa abierta, donde aguardan, silenciosos y preocupados, tres sepultureros.

El carretón adelanta, da un rodeo, y por un boquete abierto en la pared de los nichos, llega hasta colocarse al borde de la fosa preparada: con él viene igualmente el celador-administrador de aquel sitio de eterno reposo.

Hay indiferencia resignada en los que llegan y en los que aguardan, y en los guardias descaro alegre: el cigarro humea en sus bocas como si no estuvieran de servicio.

Al rumor inusitado, Magdalena se pone de pie; María se estremece, y la mujer que llora levántase y solloza más desesperadamente. Es una viejecita cuyos cabellos blancos y grises se confunden enmarañados; abundantes lágrimas mojan libremente su arrugada faz, y tiembla, y vacila en sus pisadas al ir acercándose cuanto le es posible al carretón detenido.

El guardia que hace de jefe entrega al celador un escrito, que aquél lee, y con tono severo, por el que trasciende cierto recogimiento, ordena:

—¡Vamos, recojan los muertos!

De los tres sepultureros, dos adelantan de la fosa al carro; van descalzos y con los pantalones arremangados hasta más arriba de las rodillas; un sombrero de yarey en mal estado les cubre la cabeza, y visten una sucia camiseta en vez de camisa. A cada paso se les adhieren los pies a la tierra fangosa, y se hunden a momentos más arriba de los tobillos, y uno de ellos bambolea y ha de apoyarse al suelo para no caer totalmente.

Llegados a la parte posterior del carretón, abren la portezuela, y el más fornido, con ambas manos, agarra y tira de una caja larga, oblonga y sin tapa. Es pesada, y al arrastrarla crujen las maderas al rozar con otras tres cajas iguales que están debajo de ella.

El otro sepulturero ayuda en su faena al primero; tiran y tiran, coge uno aquel objeto por un extremo, y el otro por el opuesto, y depositan en tierra, en cortísimo instante, la caja, que es un ataúd. Toman resuello, se escupen las manos, se inclinan otra vez, y agarrando de nuevo por ambas puntas la caja, la levantan y cargan con ella para la hoya preparada.

En aquel momento un ¡ay! desgarrador hace levantar las cabezas, y un grito de dolor inmenso resuena en el cementerio:

—¡Adiós, compadre! —y la viejecita, descubierta la faz, tendidos los brazos, deja correr el llanto de una manera desesperada.

Magdalena, pálida ya de por sí, se iguala al cadáver que allí se ve; su boca se contrae y sus pupilas se dilatan. Su imaginación se da cuenta repentinamente de las reticencias de María; comprende su oposición a venir al cementerio en aquel día, el ruido de la descarga, el embuste de los ejercicios de voluntarios, la aglomeración de gente por el lado del matadero de reses, el «¡No mires!» de María, y el arrear la carretilla de *Chimbí*, y vuelve a experimentar aquellas congojas sufridas últimamente con la muerte de su madre y de su hermano, y la visión espantosa de sangre y de crueldad, esfumada un tiempo por la enfermedad sufrida, vuelve a su alma, estrujando su corazón que se comprime y se estremece con palpitaciones aceleradas.

El cadáver yace boca arriba, y muestra la boca y los ojos entreabiertos y los brazos cruzados sobre el vientre, sujetos los puños por las manillas de hierro con que salió de la prisión. Una barba larga y canosa se levanta un tanto al aire, por estar la cabeza caída hacia atrás, y el viento, que agita las hierbas y las ramas, mueve suavemente también las hilos de plata como con una caricia. El pecho enseña, por entre la rota tela de la camisa, una rasgadura horrible, negruzca, y coágulos de sangre y manchones de barro, y la serenidad de la tragedia se impone, y solo el llanto de la viejecita rompe el silencio apacible del murmurar de la brisa al cruzar por entre datileras y framboyanes.

—¡Arriba! —manda imperiosamente el celador, y llevada la caja a la fosa abierta, toman impulso los cargadores y la vuelcan dentro; y se escucha el golpe del cuerpo que rueda a lo hondo, boca abajo, mostrando rota la cabeza por detrás, esparcidos los sesos, sin hueso occipital, volado por las balas que rompieron la existencia de aquel hombre fusilado por insurrecto.

Con un azadón ráspase el fondo del ataúd, en donde quedaron adheridos cuero cabelludo, coágulos de sangre y fragmentos de masa encefálica. Con un pedazo de tabla apílanse los residuos en la pala de un azadón, y se les arroja a la huesa.

—¡Adiós, compadre! —vuelve a repetir la viejecita. Los trabajadores tornan a su obra, y tres cajas más son traídas y volcadas en la misma sepultura; y quedan cadáveres sobre cadáveres, con las mismas esposas, y unidos, como en último y eternal abrazo, el padre y sus tres hijos, confundidos en un mismo lecho, carne junto a carne, huesos apretados por el peso de los de más arriba, y mezclada la sangre, tal como se confundieran al caer a la brutal descarga.

El *arre* del carretonero hace desaparecer el carretón; un sepulturero va echando paletadas de tierra; la viejecita toma un puñado, lo besa y lo lanza a los cadáveres, y Magdalena, en un arranque de energía, lleva a los labios el ramo de adelfas que hasta entonces comprimía sobre su pecho, adelántase resuelta, vuelve a besar las flores una y otra vez, y las deja caer, esparciéndolas, en la sepultura que la tierra va cubriendo poco a poco, y murmura palabras incoherentes, que son una oración sagrada que se dirige a los cielos.

Nadie se atrevió a interrumpir la acción; la viejecita comprimió el llanto; miráronse asombrados sepultureros y guardias, y adelantándose uno de éstos, más osado, deja caer resueltamente la diestra sobre el hombro de Magdalena y se atreve a decirle con insolencia:

—¡Oiga la *mambisa*! —y con impertinencia sardónica agrega—: Vamos a ir juntitos... y darás cuenta a la autoridad de lo que has hecho.

Todo fue rapidísimo: a la agresión del guardia, con ímpetu colérico María se precipita hacia el audaz, le agarra por el brazo, que no ha separado de Magdalena, le aparta con rudeza, y con un:

—¡Quita allá! —le increpa con toda la fiereza de una mujer ofendida. No le da tiempo para reponerse ni replicar, y fijándose en el número que lleva en el cuello del uniforme, continúa—: ¡Número 28; ya sabrás con quién entenderte! El teniente Garriga dará cuenta de tu abuso con una pobre mujer. ¡Malvado! —y mirándole de arriba abajo, con el gesto dominante que produce el hábito de gobernar asistentes, añadió imperiosa—: ¡Por estos canallas se deshonra a España! —y volviendo a la joven, la tomó por un brazo y le dijo—:

Vamos, Magdalena, vámonos a casa, hija —y fue conduciéndola como a un autómata, sin más voluntad que la que se la imprimía para hacerla andar.

La viejecita, al mirarles marchar, siguió inconscientemente tras ellas, y su llanto fue mayor al dejar a sus muertos sepultados, sin una cruz, sin una señal con que distinguir el lugar en que ya reposaban.

Juntas llegaron a la reja del cementerio; acomodáronse en la carretilla Magdalena y María, y ésta, al ver a la viejecita, le dijo:

—¿Quiere subir, madre?

—¡Oh! sí, mi señora. ¡Vengo de tan lejos!... —y al sentarse en el serón de la carretilla, dirigiéndose a Magdalena, le dijo con acento en que vibraba el mayor agradecimiento—: ¡Gracias, niña!

Y echó a andar la carretilla, de vuelta al hogar cada vez más sombrío, cada vez más doloroso, por el calvario que a diario recorrían los que en la ciudad vivían con ansias en el corazón, martirizados y en continua inquietud.

El viejo Anaya, de más de setenta años de edad, había sido traído a la población, con sus hijos, porque fueron encontrados trabajando en una estancia en el puerto de Bayamo. Venía con ellos también Homobono Perez, su hijo político.

Vivían en paz, sin que los insurrectos les molestaran. ¡Terrible crimen! a no dudar, pensarían y sentirían como los alzados en armas, y de ahí la consideración que éstos les guardaban. Fue esto delito suficiente, imperdonable; una guerrilla les trajo a pie a marchas forzadas; el consejo de guerra verbal, convocado a toda prisa, había fallado inmediatamente; la sentencia siempre estaba de antemano escrita en la mente de los jueces, antes de saber del reo, y declarados culpables, de la cárcel pública, sin alimento, sin respiro, sin darles tiempo ni para pensar, fueron llevados a las tapias del Rastro Municipal, arrojados de rodillas y ejecutados brevemente, fusilados por la espalda por traidores a la Patria.

Conducidos al último suplicio, sudorosos, con las ropas sucias, los miembros adoloridos, los pies sangrando, y requemados por un Sol de fuego que había caído sobre ellos como lluvia de plomo derretido en su marcha a la ciudad, desaparecieron de la vida recibiendo los rayos del astro rey hasta los últimos momentos, como una bendición a los cadáveres de los que en su existencia habían sido bendecidos por él diariamente, en su labor, al asomar por Oriente, y hallarlos diligentes con el arado, trazando surcos en el campo de labranza, junto al tranquilo bohío de techumbre de guano y paredes de frescas yaguas.

IX

Después de aquella tarde siniestra del cementerio, reinó una calma profunda en el hogar de Magdalena. El espectáculo había sido demasiado horrendo para que se olvidase fácilmente; la impresión recibida había sido extremadamente ruda para su corazón, y aun los más habituados a la barbarie de las luchas intestinas, como la misma María, esposa de militar, por la costumbre de tener a diario noticias de la campaña con todas sus crueldades, se sentían abrumados. La generosa andaluza acalló sus alegres risas por tiempo indefinido. Ya no era aquella mujer decidadora y locuaz que saltaba y corría a casa de Magdalena para darle ánimo, tratar de que olvidase sus dolores y sugerirle una sonrisa que, aunque como rayo de luz momentáneo, borrase la melancolía de aquel rostro blanco mate y de mirada vaga y soñadora en que se reflejaba una infinita tristeza.

Su hablar se limitaba ahora a una rápida pregunta:

—¿Cómo se encuentra mi hija hoy? —y, besándola con ternura, retornaba a su casa, dejando a Magdalena abismada en su tristeza, más intensa que antes.

Fuera porque en Magdalena existía desde antes el germen de una enfermedad, o porque brotase ésta por causa de la impresión recibida, motivo suficiente para manifestarse dada la debilidad de su naturaleza desquiciada por tantos sufrimientos, el caso fue que a un acceso de tosecita debido a cosquilleo en la garganta, sintió en la boca un gusto sanguíneo, escupió, y la salivación fue acompañada de un hilo rojizo. A pesar de su cansancio de la vida, sobrecogida, y no pudiendo dominar los latidos del corazón a la presencia de ese síntoma de terrible mal, llamó a Susana, y, sin decirle el porqué, le recomendó que al venir *Popot*, como de costumbre, fuera a buscar al doctor Hartmann. El buen doctor no faltó a la llamada; auscultó a la enferma, ordenó un reconstituyente y recetó una medicina, poniendo la palabra Gratis, y encargó que fueran por ella a la «Farmacia de Bottino», donde tenía una cuenta abierta para suministrar medicamentos a los pobres.

—Calma, sosiego y alimento; lo demás se hará, Magdalena —fue la recomendación al marcharse—. Volveré dentro de dos días. No será nada —y esta última frase fue una fórmula banal con que ocultaba la verdad para tranquilidad de la enferma, y se le oyó decir, como hablando consigo mismo—: ¡Pobrecita!

Esa tarde no hubo repaso de francés con Fernando; la joven se sentía abatida, y el discípulo halló mejor el suspender la clase y entretener a la maestra con su conversación.

Mucho tiempo hacía que Fernando se sentía atraído hacia Magdalena por una simpatía indescifrable para él; pensó, primero, que ese sentimiento era efecto de las aflicciones de que ella era víctima, y nacido, por lo tanto, de verdadera conmiseración; luego notó que su amistad se acentuaba más y más, y experimentó la necesidad de pasar por delante de la casa de la joven mañana y tarde, y sin darse cuenta de ello, al verla, experimentaba insólita timidez y alegría extrema al mismo tiempo; más tarde, fue su imaginación una vagabunda que perdía lastimosamente el tiempo sin fijarse en las letras que recorrían sus ojos en el libro de estudio abierto entre sus manos; y llegada la noche, entregado al descanso, recreábase en mirarla mentalmente, y en alas de las quimeras de su imaginación forjaba lugares de delicias en los cuales ella y él eran protagonistas de una existencia de ideal felicidad.

Sin osar comunicar a nadie sus sensaciones, ni aun a su misma madre, buscaba el percibir en las conversaciones de los suyos las frases en que, al hablar de Magdalena, se la nombraba en buen sentido; regocijándose extraordinariamente cuando así era, pero afligiéndose cuando una reticencia, por embozada que fuera, iba dirigida contra las excelencias de Magdalena.

En una noche en que el desvelo no le permitió aquietarse un solo instante, en un momento de amodorramiento, impotente para toda acción por completa laxitud corporal, y avasallado por las fantasías de que estaba adueñado su cerebro, púsose, dentro de esa somnolencia, a hacer un examen de su estado de ánimo, y preguntóse qué era lo que le ocurría a su ser; y al recordar y juzgar a las amigas y conocidas de su familia, halló que ninguna era bella, que ninguna le interesaba, y encontrólas desabridas y antipáticas, completamente diferentes a Magdalena; y al comparar las sensaciones que aquéllas y ésta le producían, convencido de que le palpitaba el corazón al mirar a la pobre huérfana, vislumbró con toda claridad en el fondo de su alma el misterio que allí había, y juntando la boca a la almohada para que no se dilatara el sonido de la palabra que iba a pronunciar, temeroso de ello, a pesar de musitarlo muy bajito, se dijo:

—¡La amo! —y todo su ser se estremeció de júbilo y se alborozó con esa revelación.

¡Amarla! Y esto dio nuevo giro a su imaginación, le hizo adquirir una fortaleza superior para diversas resoluciones, y el fin de su existencia varió por completo: se convirtió de un joven apocado, indeciso, de un adolescente sin rumbo, en un hombre de alma fuerte, de fe arrolladora, capaz de aventar con vigor irresistible ideas y prejuicios que se le mostraron entonces caducos y cobardes.

—¿Se siente usted mejor, Magdalena?

—Bastante...

Y de aquí no pasó la plática, contentándose Fernando con mirarla y expresando con los ojos lo que no se atrevía a proferir con los labios.

Hubo un espacio de tiempo en que pareció volver a reinar la tranquilidad en Magdalena, y, como el río engrosado y desbordado por las lluvias torrenciales en momentos de tempestad, torna después a su cauce disipada la borrasca, para bañar con cristalinas aguas la floresta y retozar con los guijarros, así, pasada la angustiosa tarde aquella, aquietada la ira del momento cruel, predominó en la joven mártir una serenidad melancólica que velaba lo sombrío de su alma.

La viejecita, instalada provisionalmente en la casa, en definitiva después, era solo una boca más, pues hízose útil en pequeños servicios y ganaba casi su subsistencia tejiendo sombreros de yarey.

Se redujo a referir quién era ella, relatando su breve historia con palabra entrecortada:

—Me llaman *Ma-Chepa*; soy Josefa Pereira, india del Cobre; desamparada, sin allegados, vivía en casa de mi compadre Anaya, y yo era quien cocinaba... —y al recuerdo rompió a llorar—. Llegó la guerrilla los amarró, sin dejarles tomar una taza de café... y los empujaron, y trajeron aquí... y aquí los mataron... ¡Tan buenos! Yo rogué de rodillas por ellos; un soldado me dio un empujón y me tumbó, y me gritó: «¡Ven a buscarlos en el cementerio!» le puse la manta; cogí 2 pesos que tenía guardados, y fui siguiéndolos y siguiéndolos. Yo no hubiese llegado si un pobre arriero, con una carga de carbón, no me hubiera montado en una de las bestias cargadas, hasta dejarme en el camposanto... Lo demás, usted lo sabe, niña —y se deshizo nuevamente en llanto—. ¡Ya no volveré al Cobre!...

Magdalena, sin ánimo, infundió fuerzas a la viejecita, y llamando a Susana, le dijo:

—*Dá*, una más como nosotras —y desde aquel momento tuvo la negra nodriza una compañera idéntica a ella.

El 24 de diciembre de 1814, día de la clásica Nochebuena, continuaba todo en el mismo estado anterior: las vicisitudes iguales, el luchar incansable, fragoso en el campo, silencioso en la ciudad, donde los odios políticos envenenaban el ambiente social.

La disimulación era constante en todo el mundo, y una hipocresía legal y patriótica seguía respirándose en la población. Los que se saludaban hoy amigablemente, mintiéndose mutuamente, se maldecían por detrás. Eran dos bandos tan contrarios, que, por regla general, se odiaban inhumana y cruelmente; y si, por azar, la conmiseración abría sus puertas y la caridad tendía los brazos en demanda de misericordia, estas virtudes solo se manifestaban en momentos dados, cuando la victoria aplacaba un tanto el rencor en uno de los contendientes. Y no era considerado felonía enviar al campo avisos urgentes de la salida de convoyes, de fuerzas del ejército español, itinerario del rumbo que debían seguir, contingente de la columna, jefe que la mandaba; y este espionaje lo ejercía persona amiga y confidencial, para que pudiera ser la fuerza regular atacada y copada por los insurrectos. Y el resultado del machete o de una columna era recibido con júbilo grande, sin parar mientes en que eran victorias horribles, de una barbarie sin igual, en que quedaban hechos pedazos en el campo seres que habían confraternizado antes en la población y que quizás estaban unidos por vínculos de la misma sangre.

Y, por otro lado, el labriego caído imprudentemente en manos de una guerrilla, el arriero sospechoso de llevar o traer correspondencia, el dueño de finca que no inspiraba completa confianza, eran conducidos a pequeña distancia de su solar, y allí, muertos de un solo tiro en tanto caminaba la víctima, o decapitados sin previo amago, de un solo machetazo, haciendo saltar la cabeza tan imprevistamente, que el cuerpo caía a tierra segundos después de haber sido mutilado, permaneciendo un instante erecto el tronco sangriento y horroroso.

La ferocidad de la bestia humana no se había aplacado todavía; era una embriaguez de sangre, era una locura que arrastraba al abismo, sin átomo de compasión alguna, a luchadores de una insensibilidad salvaje.

Y a pesar de este reinado del mal implacable, la fecha en que la Iglesia cristiana conmemora el nacimiento de su Mesías, era noche de regocijo. Las cenas aderezadas menudeaban; el lechón asado no faltaría en múltiples casas, y, como de costumbre, los soldados, en los cuarteles de San Francisco y de Dolores, cenarían servidos por sus jefes y oficiales.

Como a las dos de la tarde llegó Fernando a visitar a Magdalena, y se sintió animoso para comunicarle sus sentimientos e impresiones, y una vez más, como tantas otras, trocóse la valentía del mozo en timidez, y fue ella la que discurrió a su antojo y según su modo de pensar.

—¿Qué le parece, Magdalena, el día de hoy, con su recuerdo hermoso del Redentor de la Humanidad? —logró preguntarle al fin.

Sonrió Magdalena, como sabe sonreír la infelicidad, y contestó con toda dulzura:

—Todo es redención, Fernando —y quedóse pensativa largo rato, como si reconcentrase en su interior cuanto bullía en su cerebro, cuanto palpitaba en su corazón—. Fernando, usted no puede comprenderme todavía; usted es demasiado joven y no sabe aún ¡y Dios le preserve de llegar a conocerlos! cuáles son los dolores de la vida... La mía ha sido un martirio; he sufrido mucho, ¡mucho! —y al pronunciar estas últimas palabras bajaba la voz, como si solo hablase consigo misma—. No me quejo de la suerte: así debía ser. Le creo a usted amigo sincero y le estimo de veras. ¡Me quedan tan pocos amigos! Y... le considero tan íntimo, que en un día como el de hoy habré de hablarle como si fuese yo... una hermana mayor de usted. ¿Quiere?... Bueno. Le dije al comenzar que todo es redención, y mi existencia, aunque no larga, al parecer, por la edad, lo es por los sufrimientos; mis alegrías pueden contarse por lo que he llorado. Mi padre, corazón generoso, quiso redimir, y pagó su buena obra muriendo, no clavado en una cruz material, pero si en una cruz moral, en que desapareció la luz de su clara inteligencia; mi madre, ya sabe usted cómo fue su fin, y mi hermano... —y llevó el pañuelo a los ojos— Pablito, por la idea grande, regeneradora de todo un pueblo, dio la sangre de sus venas... y como él ¡cuántos y cuántos cubanos no perecen! Cayó por seguir la idea que me anima y anima a los cubanos honrados... —y al escapársele esta frase tuvo un sobresalto y se contrajo—. Perdone, Fernando, esta frase mía, escapada de mis labios impremeditadamente, sin candencia; no ha sido dicha con idea de ofender... ¡Perdónemela! —y apretóse las sienes con ambas manos—. ¡He querido vivir!... ¡Y quiero vivir! —y prosiguiendo como una iluminada, añadió con vehemencia—: ¡Quiero llegar al fin con vida, y alcanzar la victoria, si la victoria ha de alcanzarse, o... —el acento de Magdalena volvióse ronco— asistir a la gran catástrofe, si la catástrofe ha de aplastarnos! —calló breve rato, y al notar cómo Fernando bebía sus palabras y, fija la vista en ella, parecía fascinado, continuó con extremada dulzura, tomándole una mano—: Hermano... déjeme llamarle así un instante: aquí como me ve soy una profesa con voto perpetuo; tengo un Dios que no me abandona un momento: mi Patria es mi Dios, la niña de mis amores, y por ella le repito: ¡quiero vivir! y... ¡tengo que vivir! Me siento capaz de sostener mi existencia y renacer a la vida... ¡Mi corazón está seco... en él solo vive Cuba!...

Hubo un silencio profundo. Callaba Magdalena, y Fernando, incapaz de replicar, permaneció igual; diríase que los dos, abstraídos por completo, oraban con fervor. Luego púsose de pie Magdalena, y apretando la mano del joven, que tenía entre las suyas, dijo:

—Perdóneme, Fernando, lo que haya podido comunicarle; han sido desvaríos de un alma demasiado martirizada; he hablado como una loca; no haga caso de lo que he dicho... ¡Me siento cansada! Estoy tan débil, que voy a recostarme un rato —y dirigióse a su alcoba a pasos lentos y como enojada con sigo misma.

No hubo en Fernando una sola palabra de reproche; la impresión había sido demasiado intensa, y así, correspondiendo a la mano aquella que no se había separado de la suya, en un arrebato de valor repentino la llevó a sus labios, imprimiendo en ella un beso ardoroso, y partió ligero.

Estremecióse Magdalena, sintió conmovido todo su ser, y siguiendo con la vista al amigo, ya en la calle, exclamó llena de pesar, adivinando lo que hasta entonces no había comprendido:

—¡Dios mío, Dios mío, qué fatalidad la mía! ¡Otro desgraciado más!

X

Grave y honda impresión hizo en Fernando el discurso de Magdalena; aquella Nochebuena fue para él una mala noche. Sintióse desconcertado por las reflexiones expresadas por la joven, fingiéndose indispuesto; recogióse temprano, pidiendo al lecho calma para aquietar su cerebro en ebullición.

—¡Mejor! —había aprobado su padre al conocer su determinación—. Nada bueno se aprende callejeando en noches semejantes.

Fernando iba trocándose en un ser distinto de lo que había sido hasta entonces; encontrábase turbado, y su cabeza era una zarabanda en la que bailoteaban ideas alegres chocando con otras tristes; pensamientos hijos de la educación recibida y conceptos sugeridos por la conversación con Magdalena se repelían entre sí, y la fe religiosa, adquirida por la manera de ser de su familia, y el descreimiento nacido al calor de la voz amiga, se contradecían perturbándole intensamente, y, por encima de todo esto, fluctuando en una inmensidad azulada, había algo de deslumbrante y sugestivo, que, acariciándole como si él fuera un niño mimado, embelezado por el acento arrullador de la madre, dominaba por completo su corazón: era el cantar de un alma encerrada en un cuerpo adorado, transparentándosele tal cual ella era y deslumbrándole con una esperanza de galardón para el triunfo que se alcanzara; esperanza que se le mostraba en los colores esfumados de una bandera rebelde, enemiga hasta entonces de él y de los suyos; ofrenda de un ser vislumbrado en su loca fantasía como premio a una enérgica resolución.

Y sirvióle de acicate el amor, y experimentándolo mucho más grande, por lo mismo que lo ocultaba más profundo y silenciosamente, adoptó una resolución definitiva que, puesta en práctica, debía producir un cambio radical en su existencia.

A fuerza de indagar con sus compañeros de colegio, mintiendo a unos, para darse importancia, cosas no sabidas, y declarando a otros, con una inconsciente ligereza, lo que le precisaba inquirir, llegó a enterarse de que en una casa del Tivolí, donde vivía una tal Ramona, podría llevar a cabo lo que tenía premeditado.

Anduvo vacilante días y más días, sin atreverse a realizar su proyecto, hasta que, llenándose de audacia, se fue directamente a casa de la tal Ramona, la lavandera que se le había indicado. Penetrar y acobardarse fue todo uno. —¿Cómo presentarse allí? —le vino rápido a la mente. Y esta era dificultad de la cual no se había dado cuenta antes.

—¿Cómo inspirar confianza? —y esta era la duda que le torturó en el momento mismo de poner la planta de puertas adentro.

—¡Adelante! —era siempre la frase de Ramona para todo el que llegaba a su casa, fuese quien fuese, pues su astucia no desmentida estaba a cubierto de asechanzas, no franqueándose jamás si no cuando tenía la seguridad completa de que la persona llegada era de los suyos.

Entró Fernando, sombrero en mano, indeciso y tímido. Paseó la vista por todas partes, como si buscara auxilio y no lo hallase. Ramona, con la plancha en alto, sonreía maliciosamente al aspecto del joven, adivinando lo que no se le decía, conociendo ya de antiguo, por otros casos iguales, la situación aquella, y, suspendida la labor, aguardó.

—¿Deseaba algo el señor? —preguntó con plácido semblante.

—Le diré —respondió Fernando tratando de ganar tiempo y acertar con una frase que inspirase confianza a Ramona—. Unos amigos de colegio me han dado las señas de usted... que usted podría informarme de lo que necesito... —y calló vacilando.

—No entiendo, si usted no se explica mejor. ¿Y qué necesita usted? —y aunque entendía perfectamente la planchadora, lo dicho no era suficiente para que ella se franquease, y había que aguardar a que él mismo se descubriese.

—Se lo diré claramente —añadió arrojado y sintiendo inusitado valor—. ¡Deseo irme a la insurrección, y vengo a usted...

—¡Yo! ¡A mí! —replicó Ramona prontamente; y exagerando las interjecciones, fijó la mirada con persistencia en el joven, sondándole y queriendo leer en su alma. El examen debió tranquilizarla, porque a poco le preguntó—: ¿Conoce usted a alguna persona que yo conozca?

Quedóse perplejo Fernando, torturó su imaginación en busca de alguien a quien nombrar, y él, en contacto constante y único con familias de pura cepa integrista, no podía dar con el nombre deseado, que sonara bien en los oídos de Ramona. Hubiera retrocedido cobardemente, si no acude a su memoria el de la persona amada, impulso de su alma y estímulo de su voluntad, y como náufrago asido al madero que habrá de salvarle la vida, añadió resuelto:

—¿Conoce usted a la familia Delamour?

—Sí, la conozco.

—¿Es bastante para que por ella me crea usted?

—¡Quién sabe! Según y conforme...

—¿Quiere usted servirme? —agregó Fernando con acento en que se traslucía una súplica.

—Oiga, joven, ¿cuál es su nombre? —interrumpió Ramona.

—Fernando de la Calzada.

—¿De la Calzada?... ¡Ah, de la Calzada! —y fue pronunciado el nombre por segunda vez con recelo verdadero—. ¿Y vive usted...?

—Rastro, esquina a...

—¡Ah!... ¡ya sé! —replicó, y hubo fruición en esas palabras, al pensar en la buena jugada que se le podía hacer a gente tan enemiga de Cuba—. Bien, yo no sé si hago bien o mal, joven; pero si usted está dispuesto a saber algo, véngase pasado mañana por acá... como a las diez de la mañana... y puede ser que pueda servirle. No le recomiendo el secreto; usted sabe lo que le toca hacer; por mi parte, suceda lo que suceda, yo sé defenderme en cualquier caso, y para esto cuento con muy buenas espaldas; por lo tanto, ándese con cuidado en lo que determine... Y si resulta algo malo, tanto peor para usted. ¿Me entiende?

—¡No me juzgue usted espía! —respondió de la Calzada con la voz velada por la emoción—. ¡Soy leal! —y en esa frase había tal entonación, que disipaba toda especie de duda respecto a él.

—Bien, don Fernando; no se apesadumbre por mi dicho. Pasado mañana resolveremos.

—Hasta pasado mañana, Ramona —y su ser experimentó el mismo choque que en su día había experimentado Pablito Delamour. Recorría la misma senda, iba siguiendo la misma ruta e iba a la misma empresa. Fuese rápido a la planchadora y estréchole las manos con efusión.

El día señalado acudió a la cita, un cuarto de hora antes del tiempo indicado, tanta era su impaciencia. Ramona, que no planchaba ropas, se entretenía en ir colocando, en canastos chatos, las que durante la semana había lavado y almidonado, para llevarlas a sus respectivos dueños.

Al «¡buenos días!» de Fernando, contestó con el consabido «¡adelante!», y al llegarse el joven a ella, le dijo:

—No se detenga. En tanto yo concluyo de arreglar esto, váyase a dar una vueltecita por el patio. No conviene que de la calle nos vean conversando.

—Está bien —contestó Fernando obedeciendo a la indicación, y salió al patio, cariacontecido por la duda de que sus deseos no pudieran llegar a realizarse.

Allá, en el fondo del solar, en uno de los últimos cuartos, caedizo en un rincón, junto a un tablado desvencijado adrede, pudiendo servir de escape en caso de alarma, y lleno el contorno de malezas y trastos viejos, se encontraba un hombre, vestido con el traje de voluntario de caballería, entretenido en darle filo a un sable: era Anselmo Velázquez. Al ruido de los pasos de Fernando que, sin reparar en él, se encaminaba hacia unas cajas de hojalata, vasijas que fueron de petróleo, llenas de tierra ahora, convertidas en maceteros con rosales y plantas varias, quedósele examinando sin chistar, y al detenerse el joven frente a un clavel que parecía alardear de su belleza de flor totalmente abierta, dejó su labor, y contemplando a Fernando largamente, después de escudriñarle a su sabor, le saludó con un:

—¡Buenos días!, amigo.

Al sonido de la voz, volvióse de la Calzada sorprendido, estremeciéndose a su pesar a la vista del voluntario. Creíase solo, y al saludo respondió maquinalmente:

—¡Buenos días!

El voluntario aquel era un enigma inquietante; para su situación, un problema, y su sorpresa se convirtió en temor al notar la insistencia de la mirada inquiridora que le escudriñaba de una manera impertinente...

—¿Le gustan a usted las flores, amiguito? —agregó Velázquez para entablar conversación.

—Mucho —musitó el joven.

—Pues ahí tiene usted un clavel blanco primoroso. Las flores son mías. Si tiene usted alguna novia —prosiguió el voluntario, indicándole la flor—, cójala con toda franqueza y llévesela de regalo.

Aquellas sencillas palabras afectaron grandemente a Fernando; la imagen de Magdalena surgió en su mente como visión fascinadora e impulsiva, y complacido por el ofrecimiento, respondió más tranquilo:

—Se lo agradezco infinito; lo tomaré cuando me vaya.

Todo aquello no había sido sino una de las astucias de Velázquez. Su picardía no se despintaba jamás. Con este tiempo perdido había efectuado una especie de reconocimiento del joven, un estudio prolijo para llegar a conocer su buena fe y su sinceridad, y sin descubrirse por completo y sabiendo de antemano por la dueña de la casa quién era el visitante y qué deseaba, añadió, para ir al fondo de la cuestión:

—¡Caramba! Ya yo creía que no había juventud en Santiago de Cuba.

—¿Por qué?

—¿Por qué?... Son tantos los que se van a la insurrección, que no sabe uno si aquel con quien se habla hoy no habrá desaparecido mañana.

—¿Y es fácil, entonces, el irse a la insurrección?

—¡Uf! facilísimo. ¿Usted me ve a mí, por ejemplo, voluntario de caballería, enemigo declarado de los *mambises*? Pues que se vaya todo el mundo... o que se queden todos, ¡a mí qué! Todo me importa nada. Soy voluntario para ganarme la vida. Hago el servicio de guardias pagas, y sé cuánto se pasa. ¡Y son tantas las cosas que yo sé!... El que quiera irse, que se vaya... ¡Buen viaje! Mire, joven, cuanto más dure esto, mejor para mí; ¡más guardias habrá que hacer y más dinero habré de ganar yo! —y rióse sarcásticamente al decir esta última frase.

Con este discurso se envalentonó Fernando, y presintió que aquello podía ser la vía buscada. De no resultar así, nada perdía, y resuelto cada vez más, incitado a ello por la atmósfera de aquel patio, de aquella casa y de aquel hombre, disipósele el último temor, rémora de su determinación, y replicó entre serio y sonreído:

—¿Y si yo me quisiera ir?

—¡Pues se iría usted!

—¿Pero cómo?

—¡Ah! ¿No lo sabe usted? ¿No? Pues, mire, es cosa muy fácil. Mañana por la mañana, por ejemplo, sencillamente, como quien va de paseo, a eso de las siete de la mañana, tírese por el Farol Colorado, y como quien no quiere la cosa, acérquese a un muellecito medio derrumbado que hay allí, y si encuentra algún pescador preparando su cayuco para pescar y ese pescador le convida a la pesquería... éntrese en el cayuco sin vacilar y déjese llevar con toda confianza, que... ya llegará... si hay que llegar... y si no... no llegará.

—¿Nada más? ¿Y si hay algún guardia, se puede tener seguridad?

—No se ocupe de nada. Siga usted mi consejo y no le importe lo demás. Si le convidan, acepte y aproveche; si no le dicen nada, cállese, vuélvase a su casa, y hasta otro día, y a otro, y a otro, hasta acertar —y miróle Velázquez con una fijeza tal, clavándole los ojos de manera tan persistente y aguda, que Fernando no pudo resistir la mirada y desvió la vista.

Velázquez fue al clavel, con los dientes cortó el tallo de la flor, entregósela al joven, y dándole la mano enérgica y amistosamente, le despidió añadiendo:

—¡Que tenga suerte!... Y vaya con suerte... que la tendrá... ¡como la han tenido tantos otros!

De allí fuese el joven directamente a visitar a Magdalena. Con el clavel no se atrevía tampoco a llegar a su casa; la inocente flor hubiera constituido un delito; sus hermanos hubieran sido los primeros en exagerar la nota, burlándose de él, y la noticia del clavel, llegada a oídos de su padre, daría motivo para uno de aquellos regaños crueles e injustificados.

¿Se iría el día siguiente al campo insurrecto? Esta era su tenaz preocupación; la suerte habría de decidirlo: su propósito era firme. Nada llevaría consigo; quería salir al campo de la lucha con solo las ropas puestas, y éstas serían las más usadas. Tras los reproches, estaba seguro de ello, vendrían las maldiciones de su padre; él las presentía de antemano. En el fondo de su ser amaba al autor de sus días, y su alma soportaba los dicterios por adelantado. A la vuelta habrían de abrazarse con entrañable amor, perdonándose ambos: el padre el despego con que había sido tratado por Fernando, y el hijo las invectivas que su padre habría lanzado contra él.

—¿Cómo se siente usted hoy, Magdalena? —preguntó Fernando presentando su mano a la joven.

—Bastante bien, amigo mío. Hoy me encuentro fuerte; ya verá usted como vuelvo a ser lo que fui.

—Me alegro de todo corazón de su ánimo, Magdalena. Vea esta flor —y le presentó el clavel—. Pasé por una casa, y la vi tan linda, tan fragante, que se me antojó para usted. La pedí y me la regalaron. ¿La quiere?... Y me la guarda como signo de amistad... sincera; y cuando yo se la pida, aunque esté seca, me la devuelve —las últimas palabras de Fernando fueron dichas como si se arrastraran para salir de sus labios.

Sonrióse Magdalena con un tanto de gracia picaresca, y tomando el clavel que se le ofrendaba, aspiró el perfume, se lo colocó en el pecho, sujetándolo con un alfiler, y respondió:

—Haré lo que usted desea, Fernando, y... ¡no sea tan muchacho!... Casi, casi es usted mi único amigo. Cuando me vuelva a pedir el clavel, se lo devolveré; le prometo guardarlo, pero piense que, conmigo, flores, amigos y familia, ¡todo se marchita! —y una total tristeza volvió a nublar su faz por completo.

—No importa, guárdelo bien, como recuerdo de su verdadero amigo, que la quiere mucho... mucho, mucho —y apretó larga y cariñosamente la mano de Magdalena, tratando de transmitir con su contacto los afectos que en su alma apasionada y joven bullían ardorosamente por aquella criatura y por la patria, dos amores que nacían espontáneos y enérgicos en su corazón, virgen, hasta entonces, de tales sensaciones hermosas y generosas.

XI

Las aguas de la bahía se mostraban en su soñolienta quietud; ni el imperceptible vaivén de la onda que duerme daba señal de su contacto con la playa, al señalar una línea de humedad su besar constante... En el cielo ni una nube empañaba el turquí subido, el azul cerúleo, reflejado en el mar, imprimía a las aguas la misma intensidad de colorido, debilitado a trozos por el Sol que, apenas alboreante, llegaba a pulimentarlo de blanco con sus rayos ardentísimos.

El «Farol Colorado», en su elevado poste de hierro, semejaba un centinela mudo e impotente, contemplando erguido, desde su atalaya, los grandes charcos de agua y barro que le rodeaban. Los cayucos y las chalanas de pescadores, atados a varas clavadas en el lodazal del fondo de la orilla del mar no se balanceaban siquiera, y los cangrejos, asustándose con el propio crujir de sus muelas, corrían, se empujaban y se entrecruzaban, zambulléndose en el agua a momentos, para retornar después, en las mismas correrías, dando al viento el único rumor que se percibía en aquel tranquilo lugar.

En el vidrio rojo del «Farol» pintábase un núcleo más intenso; en el centro del cristal se destacaba una sombra anaranjada, una especie de ojo de cíclope abierto en lo alto y que contemplaba fríamente los movimientos de su derredor; un residuo de grasa de petróleo, no consumido por la mecha durante la noche, conservaba todavía la lámpara encendida tan a deshoras.

Un *civil*, guardia municipal, portador de un sable largo, semicorvo, con vaina de cuero y empuñadura de cobre, sujeto a la cintura por un ceñidor de la misma clase de piel, con el traje de rayadillo azul de listas muy unidas, y gran revólver pendiente del lado izquierdo, conversaba con un hombre sin zapatos, en camiseta, con sombrero de yarey, y que, con un jamo en la mano, encendía con la otra un tabaco en el cigarro que fumaba el guardia.

—¿Vamos de pesca? —le preguntó el guardia.

—Ya lo creo; ¡qué remedio nos queda! Las cosas están tan malas, que hay que apencar a todo. Siquiera con las mojarritas que se cogen comerán hoy los *barrigones*.

—¿Y vas lejos?

—¡Ca! Si con rondar por esta parte de la bahía, y volver sobre las nueve, más o menos, tenemos bastante; si no se alcanzan pescados, siempre se agarra alguna jaiba. ¿Quieres, si cogemos algo bueno, que lleve tu parte, eh?

—¡Pues, hombre, no es de despreciar! Mi servicio concluye a las doce; si no me encuentras aquí, sábete que vivo en el callejón de la Mejorana, número 18; pregunta por el guardia Farruco, al lado de la pulpería del Noy, y si no estoy, se lo dejas a la negra... —e hizo un gesto intencional al decir «la negra», a lo que respondió el pescador con socarronería—: Entendido. La piocha, ¿eh? —en esa corta conversación sostenida entre los dos adivinábase un tanto de sorna maliciosa por ambas partes.

—¡José! —gritó el pescador a una especie de ayudante sentado en el botecito. —¿Está listo el cayuco?

—Ya.

—Pues nos vamos. Vente hasta la orilla; Farruco, y verás con qué embarcaciones hay que ganarse la vida.

Y seguido por el policía, llegóse al botecillo canturreando:

El que diga que Cuba se pierde,
es un pillo traidor laborante,
canalla, insurrecto, cobarde.

Esto era lo que precisa y disimuladamente deseaba ver el guardia, para cerciorarse, a pesar de la amigable charla, de la buena fe del conocido de aquel día, de que no había contrabando de guerra en la lanchita y de que la pesquería era cosa real y positiva; y esto era también lo que quería el pescador para deshacerse de él momentáneamente, viendo venir hacia el «Farol Colorado» a Fernando de la Calzada.

El guardia avanzó hacia el mar, el pescador hizo señas a Fernando, y rápidamente le dijo en voz baja:

—Venga —agregando enseguida en alta voz—: Joven, ¿quiere usted acompañarnos a una corta pesquería?

Fernando sintió rápido desmayo, y una como especie de cobardía invadió todo su ser; reaccionó, sin embargo, inmediatamente; llevó la mano al bolsillo, sacó una carta cerrada, y entregándosela al pescador, le dijo:

—Iré, si hay quien me lleve esta carta al correo. Me la dieron, y pensé echarla al buzón más tarde. Hace un calor tan pegajoso, que no es de rehuir un paseíto por la bahía —y llegaban juntos al pie del cayuco, en el cual estaba sentado José, presto a bogar con dos pequeños remos cuyas palas estaban atadas con cuerdas a las varas.

—¿Cabremos dos más? —preguntó el pescador mirando a José.

—¡Ya lo creo! Como no salimos de la orilla, no hay peligro si ocurre una *viradera*.

—Pues entre el amigo. Toma el jamo, José. Yo bogaré. ¡Ah! amigo Farruco, vas a hacerme un favor.

—Di, ¿cuál?

—Cuando te retires, échame esta carta al correo. Se me había olvidado.

—Vaya tranquilo. Buena suerte y buena pesca, y no olvidar la parte de Farruco, ¿eh?

—Pierde cuidado; te llevaré lo mejor, Farruco; a la una o a las dos me tienes por tu casa.

Y el cayuco desatracó poniendo proa al río Caimanes, variando de rumbo de rato en rato, yendo despacio a veces, avanzando con fuerza a momentos, parando de remar de tiempo en tiempo, tirando el jamo, recogiéndolo, tomando peces pequeñísimos, que se desenredaban de las mallas de la red para dejarlos en libertad, y bordeando la costa, ciénaga más que mar, siguió navegando hasta topar con los primeros mangles de la orilla opuesta.

Tan junto a los matorrales se colaron, que desde la ciudad se les perdía de vista, y agarrados a las malezas, cuyas ramas curvadas rozaban con las aguas, hicieron entrar la embarcación en una cortadura, embarrancándola fácilmente por su poco calado. Saltó José a tierra pisando lodo negro y fétido, tiró de la cuerda atada a la proa del cayuco, saltó el otro pescador a su vez, ayudó a José en la faena, y así pudo Fernando, de un brinco, caer, a su turno, en terreno seco.

—¿Está la señal?

—Está.

—Pues adelante. Cojamos por la vereda de la derecha, y a callarse por ahora. —Anduvieron poco espacio, silenciosos, como se les había recomendado. El pescador se detuvo, silbó imitando el canto de un sinsonte, e inmediatamente respondióle del monte otro sinsonte.

—¡Por aquí! —y siguieron hacia el punto de donde había partido el canto.

A los pocos pasos fueron detenidos por el alerta de un vigilante, oculto entre la manigua:

—¡Alto! ¿Quién va?

—¡Cuba libre! —se contestó.

—¡Avance uno! —tornóse a oír.

Y el pescador adelantó solo al encuentro del centinela. Fue pronto reconocido, y retrocedió para llamar a sus compañeros.

Siete hombres, de distintos colores, aguardaban agrupados bajo una guásima frondosa. Dos de ellos iban descalzos; los demás llevaban los pies aprisionados en *alfalacas* de pellejo sin curtir. Armados de fusiles remington estaban casi todos, y algún armamento de esa clase tenía el cañón rebajado. Apenas conservaban vainas los machetes; varios de aquellos hombres ostentaban revólver al cinto, de un calibre exagerado; y cada cual cargaba a las espaldas el consabido *jolongo*: la mochila *mambisa*. La generalidad lucía pasmosas barbas y enmarañadas y luengas melenas, sirviendo de marco a rostros de una piel requemada por la intemperie. Dos que iban sin ropas de la cintura para arriba mostraban el enteco pecho descubierto por completo, con el costillar como el de un esqueleto, y las calzas eran pantalones sucios desgarrados, con tiras deshilachadas colgando a guisa de bandera jironada, y no pasando de las rodillas. Los sombreros de yarey, doblados y atados con cuerdas de majaguas imitando barboquejos, iban así asegurados a la cabeza, de modo que en las carreras no se les perdiera, y la tropa esperaba la confidencia: correspondencia, medicinas, armas, municiones, que se enviaban a la ciudad en días señalados con los que arribaban, como precisamente resultaba en aquellos momentos.

—¿Traen tabaco? —fue la primera ansiosa pregunta que hicieron a los que se les incorporaban.

—Aquí hay un mazo —y las manos se tendieron con avidez, en son de arrebato a la respuesta.

—¿Hay algo de comer? —indagóse después.

—Hay galletas —replicó José presentando una *jaba* llena de ellas, que fueron tomadas precipitadamente y devoradas enseguida por aquella gente hambrienta.

—¿Quiénes vienen? —añadió el que hacía de jefe.

—Todos —contestó el pescador—. Ya no puedo más tiempo seguir en la población. Las cosas mías son ya demasiadas, y sé que de un momento a otro han de ir a prenderme. Un amigo, escribiente del fiscal militar, muy mi amigo, me dio el alerta, y... cuando vayan a buscarme —y echóse a reír a carcajadas—, ¡ojos que te vieron ir! —y volviéndose a Fernando, agregó—: Joven, ¿no me reconoce? Yo soy el voluntario de caballería de casa de Ramona, ¡vaya! y para que me reconozca mejor, soy Anselmo Velázquez, *mambí* laborante de toda la vida y ahora *mambí* de manigua. En la ciudad sería inútil ya, así que *ia juir!* —y con ánimo resuelto dirigióse a la gente exclamando—: No perdamos tiempo, vamos andando en busca de seguridad y del general —y sin más requerimientos, guiados por el jefe de la partida, fuéronse internando por intrincados vericuetos en territorio de Cuba libre, sin temor y sin vacilación.

—¿Y el cayuco?

—Para los cangrejos, como nosotros ¡para... pasto de las auras! —y tras esa decisión irrevocable de ir en busca de la muerte, sintiéndose ya a distancia de lo pasado, como a quien le pesa haber vivido cohibido y en constante hipocresía, gritó Anselmo Velázquez con toda la fuerza de sus pulmones—: ¡Viva Cuba libre! —y ¡Cuba libre! fueron repitiendo la lejana montaña, los troncos de los árboles, al chocar con ellos la frase rebelde del voluntario, y la playa ribeteada de algas, hollada por la última vez, quizás, de su vida por aquellos hombres perdiéndose el eco de Cuba libre en lo infinito, poco a poco, y cada vez más bajo, de la misma manera que iban desapareciendo entre los matorrales los nuevos soldados, impulsados por un deseo, por una idea y por un amor a un porvenir desconocido... misterioso y oscuro...

XII

Don Antonio Abad de la Calzada, después de ligero desayuno, como de costumbre, recorría diariamente las casas comerciales de sus amigos, en busca de corretajes. A las once en punto de la mañana, de manera inalterable, tornaba a su hogar, se mudaba las ropas de calle por otras más ligeras, se calzaba unos pantuflos de piel de venado, se ponía un gorro de seda verde bordado al realce con hilos de oro, trabajo de la hija mayor, y arrellanado en un balance mecedor de caoba, se consagraba a la lectura de *La Bandera Española*. *La Bandera Española* era el órgano oficial del elemento integrista y conservador, intransigente a toda concesión de libertades a Cuba, y con aplicación suma lo leía desde el título hasta el pie de imprenta. No escatimaba noticia alguna ni excluía un solo anuncio, y saboreaba especialmente los edictos militares, desmenuzando con fruición las citaciones y los emplazamientos de individuos enjuiciados por causa de rebelión. Cuando se enteraba de que «los bienes, si los hubiere», serían confiscados como medida preventiva por el delito de infidencia, se deleitaba mucho más, demostrando cuánto le placían tales procedimientos, con palabras sueltas como estas:

—¡Bien! ¡Bien! ¡Magnífico! ¡Así, así se hace!

Aquel día había sido bueno para él; sus corretajes mercantiles le habían producido gruesa comisión; las noticias de la guerra eran por demás halagadoras: las escaramuzas y los encuentros efectuados habían sido desastrosos para los rebeldes, y se tenían noticias fidedignas de que en el campo insurrecto todo marchaba a un desquiciamiento seguro.

De cuando en cuando echaba bocanadas de humo, que contemplaba elevando la mirada al techo, y, siguiendo con los ojos las espirales de las nubecillas del tabaco que fumaba, hasta ver cómo se desvanecían en las alfardas, forjábase cuentas galanas de futuros negocios que serían de pingües resultados para él.

Doña Rosalía, a la media hora de llegado su esposo, empezó a sentir cierta desazón, y era ésta tal, que, desconcertada, todo se le volvía andar y desandar, de la cocina a la mesa de comer, ya aderezada, de la mesa a su aposento y del aposento a la puerta de la calle.

Fernando no estaba en casa a la hora debida, y si en el momento de sentarse a la mesa percibía de la Calzada la falta de puntualidad del hijo, cosa que había de notar indefectiblemente, el almuerzo no sería sosegado cuadro familiar, sino una comida tétrica y sombría. Los regaños no se harían esperar, y serían constantes no solamente durante la colación, sino que aun subsistirían por mucho tiempo, como desahogo de un mal humor insoportable. Sobre ella habían de recaer culpas que no tenía, faltas que solo eran espectros del cerebro suspicaz de su esposo, que consideraba delito todo lo que no fuera obediencia pasiva y obligatoria. El grave defecto de su carácter era tomar por falta de cariño todo lo que no fuera doblegarse sin réplica hasta a sus más insignificantes mandatos. Había de obrarse mecánicamente; esa era la orden; así que, apenas el gran reloj de péndulo, situado en un ángulo del comedor, comenzó a dar la primera campanada de las doce del día, la criada de mano colocó en la mesa la sopera humeante con el oloroso tufo de un rico y bien condimentado puchero, que era costumbre servir mañana y tarde.

Al sentarse el jefe en el testero, atarse al cuello la servilleta y tomar la cuchara para comenzar a sorber la sopa que ya de antemano le tenía servida doña Rosalía, notó la ausencia de Fernando; hizo una parada, indeciso entre llevarse la cuchara a la boca o devolverla al plato, pero disimuló, y con silencio enfadoso dio el ejemplo, empezando a comer, seguido por los demás, a quienes la madre había servido también la sopa.

Terminado el primer plato, ya fue otra cosa, y mirando a su mujer con dureza, le preguntó con su habitual severidad:

—¿Y Fernando?

La pregunta fue un golpe asestado al corazón de aquella mártir del hogar, que palideció, no halló qué contestar, y continuó callada.

—¡He preguntado qué se ha hecho Fernando, y no se me responde! —añadió con aspereza don Antonio.

—Es que... no lo sé... Me extraña... Puede ser... que esté con algún amigo, y... —trató de replicar doña Rosalía, insinuando con frases entrecortadas la desolación de su ánimo en aquel instante.

Los demás, los hijos, bajaron la cabeza, temerosos de que les alcanzara parte de la tempestad que se avecinaba amenazadora, y la pobre madre, sin acertar con disculpa alguna, llevaba el pañuelo a la cara, ocultando su palidez y sus ojos anegados en lágrimas.

—El que no está en casa a la hora de comer, que no coma. ¡No faltara más! ¡Ya lo sabes, Rosalía; prohibo que se le guarde comida! —y resonaba el acento de don Antonio como el retumbar de un trueno lejano—. Ahora, acabemos de almorzar. ¡Ya arreglaremos después a ese caballerito! ¡ya!

El almuerzo concluyó en un silencio aterrador; pesaba sobre todos el rigor del padre, y ese mismo silencio penosísimo era la amenaza en ciernes de terrible tormenta.

Doña Rosalía no probaba bocado; no le era posible; la congoja le cerraba la garganta, más presta a lanzar sollozos que a admitir alimentos. No juzgaba ella el acto de la falta de Fernando como un acto de indisciplina, de pura desobediencia a los mandatos de su padre; era la vez primera que delinquía así, y por la adoración que la profesaba no era él capaz de semejante rebeldía. A juicio de don Antonio, la ausencia del hijo era motivada por entretenimientos maleantes con algunos compañeros corrompidos; no se le ocurría otra cosa al pobre hombre, no veía más allá; y basado su sistema de educación en un ilimitado rigor, solo en esto creía y sometía sus sentimientos a sus incontrovertibles principios autocráticos. Íntimamente compenetrados madre e hijo, eran un solo corazón, una sola alma, y la madre, que se miraba en sus ojos, que se sonreía en los largos soliloquios, tapándole la boca con las manos cuando la charla juvenil se deslizaba por camino vedado, cuando el hijo le transmitía las impresiones acopiadas en el Instituto, en las calles, en las iglesias; ella, su único confidente, que le advertía, a manera de consejos maternales, los peligros de ciertas predicaciones; ella, que había inclinado al hijo al respeto y la sumisión más grandes a su padre; ella, que adivinaba y que, por el cariño entrañable que le consagraba Fernando, por su afán de evitarle disgustos y economizarle dolores, no estada ausente por simple diversión ni por insistencia de amigos, sentía crecer su inquietud a medida que transcurrían las horas y que él no llegaba. Su corazón le predecía algo grave para ella, la ausencia patentizaba un accidente serio, y antes que los ojos derramasen lágrimas, lloraba la madre instintivamente en su interior. No la atemorizaba ya la cólera en que estallaría don Antonio; otra era su angustia, otro su temor: el daño que indudablemente se había inferido el hijo.

A las dos de la tarde, según era su hábito, abandonó la casa don Antonio para los negocios, y al marcharse, volvió a indicar con la misma dureza a su esposa:

—¡Rosalía, cuando entre ese bandido, que no salga más! —y fue tan cruel el estilo, que la madre se sobresaltó doblemente, como si pensar en una supuesta desgracia no fuese bastante para su alma atribulada—. ¡Y no poderlo decir! —murmuraba tragándose las palabras y las lágrimas.

Apenas desaparecido don Antonio, corrió doña Rosalía a la cocina y dijo a la criada:

—Juana, por Dios, corre a casa de Magdalena, y, como cosa tuya, pregúntale si Fernando ha estado por allá.

La criada no se hizo repetir dos veces la súplica, compasiva y cariñosa para con su señora, cuyos sufrimientos no le eran extraños; faltóle tiempo para cumplir con el encargo, y voló, y volvió muy presto con la nueva de que «el niño Fernando no había estado por casa de Magdalena».

Roto el corazón, doña Rosalía postróse de hinojos ante el altar que piadosamente tenía levantado en su aposento, y allí, prosternada ante una imagen de la Virgen de la Caridad del Cobre, rezó con todo el fervor de su alma, y las oraciones se exhalaban de sus labios entrecortadas por suspiros y sollozos.

—Algo grave le ha pasado a Fernando: ¡Dios mío! ¡Virgen mía! ¿Se habrá ahogado en la bahía? —y este pensamiento, terrible tortura que laceraba su alma de manera implacable, le infundía una intensa desesperación.

Provocar la cólera del padre de manera tan desusada; haber abandonado la casa desde por la mañana, sin la más mínima advertencia; no recibir noticias de nadie, ni razón alguna que la pusiera en camino de averiguar la verdad, eran causas bastantes para turbar el ánimo de una madre, y sobre todo de ésta, cuyo desvelo constante era amparar a los hijos y despistar al esposo para evitar su irritabilidad, siempre presta a desencadenarse en invectivas y asperezas de mal genio.

La hora de la comida fue peor todavía que la del almuerzo; nadie se atrevió a decir una sola palabra. Concluido el silencioso acto, entornada la puerta de la calle, encendido el quinqué, sentáronse los hijos alrededor de la mesa con un libro cada uno; don Antonio en el portal, en su mecedor, fumaba cigarro tras cigarro, y arrojaba uno tras otro a medio consumir, con una impaciencia febril; y doña Rosalía, en su habitación, rezaba y rezaba: la casa parecía un claustro. A las nueve de la noche, todos, menos don Antonio, quedaban recogidos en sus lechos.

El día siguiente los alcanzó madrugadores, halláronse de pie antes de lo acostumbrado. Fernando seguía ausente: no había dormido en casa.

Los hijos dieron los buenos días a sus padres; a don Antonio le besaron la mano derecha; tomaron una taza de café con leche, y se dedicaron a sus labores de costura, las unas, y a sus estudios, los otros, sin osar dar señales de vida. Don Antonio salió con una calma imponente en extremo.

Quedóse lúgubre la casa, y había ya en sus moradores no inquietud, sino pánico grande.

La madre callaba aun más, e iba y retornaba maquinalmente de las habitaciones como una loca, y las hijas, si algún instante dejaban sus quehaceres, lo hacían en silencio y volvían a ellos tan misteriosamente como los habían abandonado.

Hacia las nueve, un fuerte golpe dado en la puerta de la calle los sobresaltó; fue una de las muchachas, diligente:

—¡Cartas! —exclamó el cartero, y al recibirlas, sin fijarse en los sobres, colocáronlas sobre el escritorio, en lugar visible, para que cuando volviese su padre las notara inmediatamente: era el único autorizado a recibir correspondencia en la casa.

El terror iba en aumento cuanto más corrían las horas. Las once era hora fatal, y las agujas parecían volar más deprisa en aquel día. Poco después, a la hora fija, llegaba el exacto don Antonio. Nada preguntó, y las cabezas se ensimismaron más en su aislada y temerosa cavilación.

De la Calzada llegóse al escritorio y tomó las cartas, y al tenerlas, temblaron sus manos; leyó los sobres, y hubo estupor en él al fijarse en uno de ellos; dejó las otras sobre la mesa, y como sino pudiera creer lo que leían sus ojos, repasó, leyó y releyó una, dos y más veces su nombre escrito en el papel. Algo grave debió figurarse, cuando dudó y vaciló en rasgar el sobre.

Corta fue la indecisión; se dominó, se sentó, y apoyando la cabeza en una mano, pareció abstraído en hondas reflexiones, y no cesaba de contemplar los signos; fatales para él; era letra de su hijo, que le fascinaba y se le clavaba en el cerebro como una garra de fuego.

Supuso, en el primer momento, que la carta encerraría alguna petición de perdón, alguna súplica por la falta inusitada de no haber aparecido en su casa durante veinticuatro horas; por el crimen, así considerado por él, de haber trasnochado tan descaradamente. Sentía rugir en su alma una cólera desbordante, contenida hasta entonces a fuerza de voluntad, aguardando ocasión para expansionarse. Presentada la ocasión, se preparó a ser más rudo, más duro, más cruel, más implacable.

Por fin, tomando un cortapapel, despegó el sobre, extrajo la carta, y oprimida con mano trémula, fue leyéndola toda. A los primeros párrafos lanzó un rugido feroz, arqueó las cejas duramente, mordióse los labios con fuerza, y acompañada de sones guturales y roncos concluyó la lectura. Por último, pegó sobre la mesa un estrepitoso puñetazo, que retumbó por la casa de manera siniestra, y se lanzó a la calle llevando en la mano el papel estrujado.

Miráronse alarmadas ambas hijas; al ruido del golpe acudió presurosa doña Rosalía, recogió del suelo el sobre de la carta, lanzó un grito desgarrador al reconocer la letra de Fernando, y se llevó las manos a la cabeza con desesperación.

—¿Adónde irá, Dios mío? —fue su exclamación, creyendo que su esposo volaba en busca del hijo cuyo paradero le anunciaría la carta seguramente.

Ma-Chepa, tejiendo sombreros de yarey, estaba sentada casi junto a Magdalena, en un banquito de cedro, y la joven señorita Delamour acababa de repasar un libro que aun conservaba en las manos, cuando abrióse la puerta con violencia y entró desaforadamente don Antonio de la Calzada, calado el sombrero, los puños en alto, en ademán hostil, y precipitándose hacia la joven, olvidado de toda cortesía, grosero e insolente, la gritó:

—¿Qué sabe usted de mi hijo?

Magdalena, sin tiempo para darse cuenta de aquella brusca interpelación, púsose de pie, queriendo contener la procaz osadía del señor de la Calzada, y le respondió severa, pero con acento cortés, sintiéndose herida en su dignidad de mujer:

—Don Antonio, ¿qué quiere decir su pregunta?

Don Antonio, en quien la cólera hacía sus efectos, a la pregunta sencilla y firme de Magdalena, no pudo contenerse ya más, e iracundo y soberbio, a grandes voces, mostrándole la carta estrujada, la increpó de modo insultante, recalcando sus palabras:

—¿Que qué quiere decir mi pregunta, so mosquita muerta? ¿Qué quiere decir? ¡Ya se lo enseñaré yo, mala ralea! No en vano la he tenido siempre entre ojos. ¡So *mambisa*! ¡Suripanta! ¡Hija espuria!... ¡Usted ha sido la consejera de ese bandolero, usted! Apostaría la mano derecha. ¡Pero, ya me las pagará! ¡Ya, ya! ¡so bribona! —y, congestionado, desahogaba su ira con desaforados chillidos e imprecaciones contra la infeliz criatura.

Esos exabruptos solo sirvieron para dar fuerzas al valor sereno de la joven, que replicó mesurada, pero enérgica, en vez de amedrentarse:

—¡Si usted fuera un padre verdadero, lamentaría el insultar en casa extraña a un hijo que le honra!

Y secos los ojos, sin lágrimas que los nublasen, rebelde a la injuria, sin dar tiempo a que continuase don Antonio, prorrumpió con acento vibrante de emoción y de patriotismo y con una celeridad eléctrica:

—¡Mal padre! ¡Mal ciudadano! Si su hijo ha sentido y siente los latidos de una patria esclava que demanda auxilio; si su hijo ha sentido y siente las torturas del bárbaro conquistador, y experimenta horror por los cobardes que sacrifican a sus hijos entre cadenas, en vez de enaltecerlos, ¡hónrese usted con ello, alégrese de tener un valiente entre los suyos! —y con una carcajada incomprensible para los que la escucharon, brotada de una exaltación histérica, le echó a la cara este grito, con voz enronquecida—: ¡La patria necesita hijos leales, don Antonio; no infames traidores!

Como pólvora inflamada, la frase de Magdalena abrasó y sumió en la mayor exasperación a de la Calzada, y su brutalidad patriótica, cegándole de soberbia, le hizo avanzar con bruscos ademanes hacia Magdalena y levantar iracundo la mano derecha para abofetear a la desdichada niña.

No retrocedió ella un ápice para rehuir el ultraje, no esquivó el golpe, y sin desviar la mirada del rostro del energúmeno, esperó el ataque —con imperturbable serenidad.

En aquel momento, María, a cuyos oídos llegaba el escándalo, alarmada por él, cruzó corriendo la calle, entró de sopetón en casa de su vecina la pobre huérfana, y ante el espectáculo de Magdalena de pie, palidísima, con los ojos brillantes de energía; de Susana espantada, y *Ma-Chepa* más asustada aún, se abalanzó hacia de la Calzada, amenazador en el centro del grupo; adivinó sus desafueros, y sin comprender las razones que le asistieran, le agarró con desusada fuerza por las solapas de la levita, le apartó de un tirón de junto a la joven, y escupiéndole al rostro estas frases:

—¡Mal caballero! ¡Cobarde! ¡Mal español! —le arrojó hacia la puerta de la calle.

—¡Señora! —balbuceó don Antonio.

—¡Silencio! ¡Largo de aquí, caharrán! ¡Poca vergüenza! ¡Insultando a una débil criatura! ¡Qué asco! —y continuó María increpándole, sin hacer caso de sus palabras de excusa.

—¡Señora! —volvió a murmurar.

—¡Cállese! —le gritó otra vez la andaluza, y pasando de las palabras a los hechos lo fue arrastrando casi a empujones hasta la calle, sin que en él hubiese valor suficiente para resistir a la presión. Al llegar a la puerta, volvióse, sin embargo, un segundo, y furioso, frenético de ira, arrojó al rostro de Magdalena la carta estrujada, exclamando, ya en medio del arroyo—: ¡Me la pagarás, traidora!

Y en esta frase iba envuelta toda una amenaza, el aviso de la futura e implacable venganza de don Antonio.

—Tranquilízate, hija mía. ¡Vaya un morral! ¿Y por qué fue esto? —preguntó María calmando a Magdalena.

—Parece que su hijo se ha ido a la guerra, y... ¡yo soy la culpable!

—¡Valiente canalla! Ya le hablaré a Garriga de esto, y habrá que poner un término a tus padeceres —y besándola como una madre puede besar, condujo a Magdalena a su lecho, la obligó a acostarse y la dejó a solas para que reposara.

La carta estrujada de Fernando, arrojada por el padre, recogida por Susana y leída por María, decía así:

«Mi querido papá: Perdone si no tengo suficiente valor para seguir viviendo así; perdón, si se me acaban las fuerzas para hacer a mi familia el sacrificio de mi opinión: perdón.

»Lejos de sus ojos las lágrimas; lejos de sus labios un reproche; lejos de su corazón el pesar; lejos de su pensamiento el extinguir el cariño.

»En la lucha permaneceré en la consoladora confianza de que, a mi vuelta —porque espero en Dios, papá, que volveré—, habré de encontrar en usted al cariñoso padre, en mi amantísima madre el mismo amor, y en mis hermanos, que no olvido y que hoy abandono por mi patria, a los seres queridos de mi corazón.

»Entonces no será usted el español que recibe al cubano, sino el padre que recibe al hijo, para que, unidos por el espíritu y las ideas, vivamos dichosos hasta que Dios rompa los lazos que nos unen.

»Adiós, querido papá; dele valor a mamá, a mis hermanos confianza, y acojan ustedes benignos el cariño de su hijo, arrebatado de su lado por una fe superior a sus fuerzas.

»Fernando»

Y el alma del hijo, al hacer el sacrificio de la vida en aras de la patria, sintió repercutir en su corazón con inusitada fuerza el cariño filial, acendrado y desinteresado, y olvidando las severidades del padre, pidió perdón por la herida que le infería, arrastrado por sentimientos más poderosos que el egoísmo y la fría reflexión.

XIII

Una atmósfera de tristeza y de inquietud pesaba sobre la casa y los vecinos de la señorita Delamour. Los sucesos desarrollados últimamente les infundían apocamiento, sin dejarles, por esto rendidos definitivamente al terror. La lucha en el campo insurrecto no era tampoco tan feliz que pudiera inspirarles confianza ni entusiasmo. Para los que, como Magdalena, vivían de ensueños, era la existencia una zozobra insoportable.

Había algo de siniestro en el ambiente; ya no se cuchicheaba con la libertad de antes de vecino a vecino. En las caras había ceño y suspicacia. Al oído se había referido, en el vecindario, muy bajito, la acción de Magdalena en el cementerio; luego se había comentado la ida de Fernando a la guerra; se conocían al dedillo los insultos de don Antonio y la réplica soberbia de Magdalena; la intervención resuelta de la andaluza, salvando a la joven del brutal atropello; y estas mismas ocurrencias, aunque referidas con fruición por los *mambises*, les hacía cautelosos, recelando que la calma actual era una situación falsa que no había de tardar en convertirse en días de persecución y de peligro verdadero.

El ánimo de Magdalena, puesto a prueba dolorosamente, tiempo hacía, por la muerte tan simultánea de los suyos y por las alternativas desconsoladoras de la insurrección, tenía como ráfagas de energía seguidas de períodos de aniquilamiento. Acechada por la anemia, vivía sujeta a una debilidad abrumadora que, al adueñarse de su cuerpo, la postraban en una especie de inconsciencia durante días enteros, y esos sacudimientos solo servían para agravar su estado patológico.

Una enfermedad terrible e implacable, atisbando sus pulmones, había de clavar en ellos la garra, echar hondas raíces y no abandonarla ya más, y las conmociones, la deficiencia de alimentos adecuados, las incertidumbres, eran auxiliares al servicio del mal que seguía sin demora su obra de destrucción. Las visitas del doctor Hartmann, sus consejos y sus medicinas fueron impotentes para regular aquella existencia y para devolverle la salud perdida. Acostumbrado el doctor a ejercer su ministerio con gran piedad, dirigía su corazón totalmente espiritualista hacia el más allá cuando reconocía que sus esfuerzos profesionales resultaban ineficaces para retornar al individuo la salud comprometida, y entonces, con la dulzura del sabio, con la efusión de un alma santa, trataba de aliviar la intensidad del mal con predicaciones de un consuelo regenerador, y la enfermedad, soportada con paciencia, limitaba los dolores a su parte material, y parecía que, poco a poco, se desligaba el alma de la tierra para remontarse serena a los cielos.

No contradecía a los enfermos en sus caprichos; les aconsejaba y dirigía. Convencido de la incurabilidad del paciente, no eran sus palabras ni sus medicinas una mortificación; conocía cuántas rarezas abrigan los que sufren, y accedía a sus antojos en tanto no les causara recrudescencia y mayor dolor.

—A veces lo invisible llega hasta sanar —respondía sonriente cuando se le consultaba sobre viajes al campo, misas a santos y dedicación de exvotos a imágenes predilectas, y, tratando a sus enfermos como a niños ingenuos, les decía—: ¡Haced lo que pensáis, y ojalá que acertéis!

Magdalena, cuya alma estaba impregnada de unción religiosa, producto de las prácticas inculcadas por su madre, había ofrecido, tiempo hacía, una promesa a la Virgen de la Caridad, de idolátrica devoción entre los cubanos desde el primer día en que a su imagen se le consagró una ermita junto a las minas de cobre de la antigua villa de Santiago del Prado y se difundió la leyenda de su milagrosa aparición en la bahía de Nipe.

—Hay que cumplir la promesa —le decía a Susana—. Hay que hacer la peregrinación a pie. Lo tengo ofrecido.

—¿Y para volver? —advertía la fiel sirvienta, incapaz de resistir sino débilmente a los deseos de la enferma.

—Aprovecharé para ir uno de los tantos viajes de *Chimbí* al Cobre, y volveré en su misma carretilla.

No tardó mucho en realizarse el proyecto. *Chimbí* fue contratado por un panadero de aquella villa para acarrearle sacos de harina, en dos carretillas. El jueves próximo saldría el convoy, pues convoy sería. Cuatro movilizados y un cabo, armados de fusiles peabody, lo custodiarían, lo que hubiera querido evitar el carretillero, pues sin esa tropa estaba seguro de no sufrir percance alguno. *Chimbí* avisó oportunamente a Magdalena, y ésta, alborozada, se apresuró a difundir su regocijo; corrió a avisarle a María el día que estaba fijado para la excursión, y al mismo tiempo le pidió que le consiguiera el salvoconducto necesario —documento expedido por el gobierno— para ir y volver libremente ella, *Ma-Chepa* y *Popot*. *Chimbí* debía esperarles en el pueblo del Cobre para el regreso, pues venido a pie tardarían mediodía en llegar, y quizá más.

Atravesó la calle ágilmente, a saltos, acción que en la joven parecía imposible por su estado de abatimiento y debilidad; entró en casa de María, y para hallarla, tuvo que llegar hasta la alcoba, donde la sorprendió con la cara hundida en la almohada de la cama. Apenas la sintió, levantó María la cabeza con rapidez, preguntando:

—¿Qué dice mi hija?

Magdalena, al notar en el semblante de su vecina y amiga pintada la contrariedad, y que sus párpados enrojecidos indicaban que había llorado, alarmada, le dijo:

—María, usted ha llorado. ¿Qué le pasa?

—¡Sí, he llorado; pero de rabia, Magdalena!

No se atrevió la señorita Delamour a indagar el motivo, suponiendo que fuera alguna leve querella entre esposos y solo añadió:

—¡Y yo que venía a pedirle un favor!

—Pide, hija, que ello no ha de estorbarlo.

—Pues quisiera que don Francisco me consiguiera un salvoconducto para poder ir el jueves al Cobre a pagar mi promesa.

Miróla María con dulzura y con lástima, y le respondió:

—¡Qué imprudencia! —y después, sin darle lugar a inquirir el porqué de esa reflexión, arrepentida de su dicho añadió—: ¡Si te empeñas, lo tendrás!

—Es que quiero cumplir, madrecita —agregó con mimo la joven, y luego continuó tristemente—: a lo menos, siquiera haré mi voluntad antes de morir.

—¡Quién había de morir! ¡Anda, tontica ivete, vete a descansar, que tendrás lo que deseas!... ¡Siquiera sea por última vez! —repitió para sí misma la andaluza.

No se le escapó a Magdalena la frase, y replicó enseguida—: Y usted, sin que sea... por última vez... ¡y no me vuelva a llorar! —y la abrazó tiernamente.

Decidida la peregrinación, la emprendieron a las dos de la madrugada del día fijado. Magdalena y *Ma-Chepa* abrigaron sus cabezas con sendos sombreros de yarey para amortiguar los rayos solares; *Popot* apareció en mangas de camisa, por el calor que había de coger. Llegaba prevenido con un macuto en una mano, dentro del cual había un jarrito de lata a guisa de vaso, carne adobada y algún pan para reponer las fuerzas en el camino.

Colgado de un hombro llevaba una damajuanita llena de agua, envuelta la vasija de vidrio en trapos, para defenderla de los golpes, por lo desmedrado del tejido de caña.

En el momento de ponerse en marcha sorbieron una taza de rico café, brindada por la buena andaluza, levantada a hora desusada para despedir a la joven a quien la unían lazos estrechos del corazón, y partieron contentos por poder realizar un propósito ineludible para Magdalena.

—¡Que la Virgen os acompañe! —fue la expresión de María al verles marchar, y siguióles con la vista hasta que desaparecieron al final de la calle.

El salvoconducto extendido, firmado y sellado en las oficinas del Estado mayor del Departamento Oriental, era orden para la salida y la entrada de la ciudad, y les serviría, al mismo tiempo, de protección al topar con cualquier fuerza regular española hallada en el camino. Era casi una garantía de segura inmunidad.

El único que hubiera podido infundir sospechas era el hombre, y el hombre era *Popot*. Su manera de ser, su tipo especial, su vagabundeo diario por casi toda la ciudad; el estar considerado como un tonto, alocado inofensivo para la generalidad, le había granjeado verdadera popularidad entre tenderos voluntarios, y aun entre los mismos soldados, que le permitían tomarse libertades que no se hubieran consentido a otros. El saludo usual, al verle, era el consabido:

—¡Eh! ¡*musiú Popot*!

Y su respuesta:

—*Bonjour, musié.*

Y a los que le gritaban en son de mofa:

—¡*Popot*, que se te cae el pantalón! —replicaba incontinenti, si eran muchachos:

—¡Tu madre...!

Y si hombres les decía con el mayor desenfado:

—¡Anda a hacerte guapo en el monte! —y se reían de sus amargas contestaciones, sin darle importancia a la sátira que encerraban. Su tránsito era conocido por los gritos que se le adelantaban y seguían de—: ¡Popot! ¡Popot! —y que únicamente cesaban cuando no se le veía ya más.

Al pasar por el puente del arroyo Yarayó, visado el salvoconducto, dijo uno de los vigilantes a *Popot*:

—¡Cuidado con el pescuezo, *Popot*! —añadiendo otro—: ¡Cuidado con que los *mambises* no te tumben la cholla! —y se reían al ridiculizar al pobre diablo. *Popot*, encogiéndose de hombros, acostumbrado a esas invectivas, siguió su camino, murmurando entre dientes para sí esta frase de sangriento sarcasmo:

—¡*Laches et sans honte!*[21]

La peregrinación daba comienzo al poner los pies fuera de las trincheras. La viejecita, más diestra que los demás en andar por el campo, acercándose a un borde del camino, de entre los trozos de ramas tiradas por el suelo escogió tres bastante rectas, dio una a Magdalena y otra a *Popot* y quedóse con la otra.

—Ayuda para el camino —les expresó, y tuvieron entonces bastón en que apoyarse. Al cruzar por delante del cementerio, *Ma-Chepa* se detuvo cortísimo instante, hizo la señal de la cruz, y rezó un Padrenuestro por el alma de su compadre.

El camino era una verdadera dificultad; había que ir por las sendas trazadas por las caballerías, e ir uno tras otro, por lo fragoso del resto de la vía.

Ma-Chepa, habituada a los andurriales, seguía la ruta con paso seguro y firme, sin que por su edad manifestara debilidad ni cansancio; sucedíale Magdalena, con una resistencia de que no se le creería capaz al notar su débil complexión y su palidez, y un poco detrás venía *Popot*, deteniéndose a ratos, fustigando con el palo las ramas de los matorrales que estaban a su alcance, tronchando las hojas, gesticulando y hablando en voz alta consigo mismo, como para atenuar el aparente aislamiento de los tres peregrinos, que iban andando sin hablar.

Pronto principió el Sol a hacerse sentir; iban progresando en la senda con la idea de detenerse y descansar al pie de la Loma de la Cruz. *Chimbí*, con sus carretillas, había de alcanzarlos antes de llegar a ese sitio, y si *Ma-Chepa* lo deseara, montaría en una de ellas, no así Magdalena, cuyo firme propósito era hacer todo el sendero a pie como ofrenda fervorosa ofrecida a su Virgen milagrosa, y que había de cumplir.

Por el abandono total de la carretera durante años y más años, a consecuencia de la guerra, se encontraba esta convertida en una especie de

---

21   ¡Cobardes y sinvergüenzas!

trocha, más o menos apisonada, por la que raramente se transitaba a pie o a caballo. Arbustos desarrollados lujuriosamente por el clima tropical; piedras arrastradas por lluvias torrenciales, y canarreos de zanjas irregulares hacíanlo pesadísimo para todo viandante. Los peregrinos no habían reposado un solo instante; el riachuelo Gascón había sido salvado y fácilmente, saltando de piedra en piedra; el hilo de plata que unía en aquella parte las charcas de agua de una y otra orilla, era vadeable sin esfuerzo, y al pie de un ribazo, a menos de un cuarto de legua de la loma, principio de la de la Cruz, bajo una guásima que cubría de sombra un gran espacio, determinó descansar la caravana, y se dispuso a tomar ligero desayuno para seguir el viaje mejor dispuesta.

Diez minutos de respiro llevaban allí los tres peregrinos, cuando el chirriar de los ejes de unas ruedas les anunció la llegada de carretas, y el «¡Arre, mía!» repetido varias veces para estimular al animal, hizo llegar a sus oídos el eco de la voz de *Chimbí.*

Al verles, el carretillero les saludó afectuosamente, y sin cesar de arrear la cabalgadura para salir pronto de aquel atajo, y dirigiéndose a Magdalena, le dijo:

—Hasta el Cobre, niña. No se apure; volveremos mañana, y será a la hora que la niña quiera.

—¡Adiós! —se le respondió, y continuó de nuevo el pequeño convoy su andar acelerado, sin haber interrumpido su marcha.

Las dos carretillas iban cargadas con cinco sacos de harina cada una; los carretoneros llevaban las riendas en las manos marchando en conserva con el vehículo, forcejeando con las bestias para ayudarlas en los lugares difíciles. Detrás, completamente tranquilos y seguros, venían un cabo, a caballo, y cuatro soldados movilizados, a pie, todos armados de machetes y fusiles: se les pagaba a razón de 2 pesos a cada uno para servir de custodia y defensa del convoy.

Iban totalmente descuidados y sin temor de ninguna clase; el camino era transitado diariamente por guerrillas y columnas volantes de tropa, y, salvo algún tiro perdido de vez en vez, siempre era recorrido ese trayecto sin accidente serio ni descalabro de ninguna clase.

—¿Vamos a seguir? —preguntó *Popot*, recogiendo las migajas del desayuno-almuerzo, después de largo rato.

—Espera un momento más. No importa llegar un poco más tarde. *Chimbí* ha dicho que no volverá hasta mañana, y que elegiremos la hora de salida.

Balanceaba sus gajos la guásima, y con el suave vaivén aumentábase el frescor del aire puro del campo; las hojas y las ramas aireaban a Magdalena como si fuesen un colosal abanico. Cansada verdaderamente, somnolienta por el calor y la debilidad, necesitaba dar tregua a su andar.

—Espera un poco más —repitió una y otra vez a las instancias de *Popot*, como si le escasearan las fuerzas para proseguir voluntariamente.

Continuaban en aquel lugar sin acabar de decidirse por cansancio moral de la joven, e indefinidamente por falta de resolución hubieran permanecido allí, si de pronto, a un ruido inusitado, no se hubiesen estremecido Magdalena, *Ma-Chepa* y *Popot*. Pusiéronse de pie de un salto, prestaron atento oído, el espanto dilató sus pupilas y un temblor convulsivo los agitó, como el aire movía las hojas y las hierbas: el eco de una descarga, llegado hasta ellos, y luego el de unas cuantas detonaciones más, les había perturbado de aquella manera.

Con suma atención se esforzaron por oír algo más; vano fue su deseo; nada percibieron, y la naturaleza inmutable continuó con la misma tranquilidad, susurrando el aire al cruzar entre hojas y ramas y trinando las aves libremente al posarse en los árboles un instante y cesar en su revoloteo juguetón, aparcadas en el espacio abierto, azul y luminoso.

—¿Qué hacemos? —indagó *Popot*.

—Sigamos —respondió Magdalena; y sin una palabra de reflexión, emprendieron con brío el camino, aunque dominados por honda inquietud.

Apoyada Magdalena fuertemente en el gajo que le sirve de bastón, comienza la subida de la cuesta de la Loma de la Cruz; pesada ésta de por sí, la pendiente es excesiva para ella, a quien rinden la debilidad material y el temor sugerido por las detonaciones escuchadas hace poco. *Popot* la ayuda, agarrándola por un brazo y esforzándose en darle vigor, y así va venciendo las dificultades del camino y trepando el monte.

Las gruesas moles de piedras descarnadas que, como inmóviles gigantes, se alzan a ambos lados de la cuesta, sirven de apoyo a las manos de Magdalena, que ha de agarrarse a ellas y casi sujetarse para no resbalar y rodar; los cantos rodados cubren la senda, haciéndola tropezar, y sus pies van resintiéndose de la marcha que desde la madrugada tiene emprendida.

Sacando fuerzas de flaqueza, domina la ladera, y su fe religiosa la alienta para proseguir sin descanso la obra principiada. Vuélvese a sus acompañantes y les habla:

—Al llegar a la meseta que está en lo más alto, y antes de comenzar a bajar por la otra vertiente que se dirige al Cobre, reposaremos otra vez.

Al alcanzar Magdalena la altura de la colina desde donde se divisa el mar y la población de Santiago, párase a contemplar un instante la ciudad que, envuelta en resplandores de luz, se extiende ante sus ojos en visión panorámica; la observa atentamente con enternecimiento que no se explica; la mira reclinada a la falda de sus montañas, matizada de colores esfumados, y los chillones embadurnamientos de las paredes de sus casas se le muestran como un armónico boceto, como una imagen bella y amada, y la admira transformada en un ascua de oro por el fulgor del Sol y por la transparencia del aire.

El astro rey envuelve a Santiago en una atmósfera de áureos resplandores, y el mar la platea irisándose las aguas con la luz que se refleja en la bahía. No hay en el espacio una sola nubecilla que manche la tonalidad, no hay un punto que origine desconcierto en los ánimos. Magdalena, entornados los párpados por la intensidad de tanta luz, se entusiasma, olvida las detonaciones que la sobrecogieran, y, apasionada, señala a sus compañeros aquel espectáculo magnífico, les hace fijarse en los edificios de los alrededores, con sus techumbres verdinegras; en la boca del Morro, punto lejano que cierra el puerto; en Cayo Ratones, semejante a una barca encallada al paso de las naves; en las iglesias, en la ermita de Santa Ana, solitaria en el sitio más elevado, como asceta en penitencia, y en el Hospital Militar, los cuarteles, la Casa de Beneficencia, encaramados lejos, en colinas descarnadas y al contemplar a la ciudad de sus amores como si fuese por última vez, yendo a buscar en lo hondo de su corazón los sentimientos que la dominan, tendiendo los brazos hacia ella, exclama, conmovida, dirigiéndose a sus compañeros:

—¡La ciudad mártir! —y cúbrese su faz de arrebol, y brotan de sus pupilas chispas que se entrelazan y juguetean con los átomos que danzan en la atmósfera ardiente...

—Prosigamos —prorrumpe rompiendo aquel éxtasis, y echando lejos de sí la carga de fatigas e ilusiones que pesa sobre ella, dice—: ¡Vamos! —y apenas ha dado varios pasos siguiendo la curva del camino, vacila, se detiene, se espanta, y con ella, y con las mismas sensaciones, *Ma-Chepa* y *Popot*. Convulsa, Magdalena se lleva las manos al corazón, que se le quiere saltar del pecho; lanza un grito estridente y corre hacia lo que miran sus ojos, corre desalada, sin cuidarse de a dó va ni qué es lo que pisa; tambalea, tropieza, cae, se hiere en la frente con un canto, se levanta de nuevo, lleva las manos a la herida, que mana sangre, y torna a caer en el lugar que la aterra, y queda allí de rodillas, y solloza con honda desesperación.

La viejecita la alcanza, y junto a ella, encorvándose también de hinojos, balbucea lo que solo saben hacer sus labios: rezos; y despiden sus ojos lo que es en ella una segunda naturaleza tiempo hace: lágrimas. *Popot*, descubierta la cabeza, va exclamando dolorosamente ante la catástrofe manifiesta:

—¡Mi Dios! ¡mi Dios!

Las dos carretillas están allí arrojadas; las cabalgaduras han sido arrebatadas por los asaltantes, y los serones y las camas de los carros formadas de tejidos de cuerdas se hallan destrozados a machetazos; la carga de harina, esparcida en largo trayecto, indica que los sacos han sido abiertos y arrastrados para vaciarlos rápidamente y llevarse con presteza los envases, y en algún lugar, el polvo blanco se destaca en alto montón cubriendo bultos extraños que sobresalen del suelo de la carretera con forma irregular, convertida la harina en masa rojinegra de sangre y de humor de los cadáveres. Las huellas de muchos pies descalzos, estampadas en el polvo que alfombra el suelo, impresas diversamente, señalan el número y la agitación de los que allí estuvieron.

Los insurrectos, en emboscada detrás de piedras y arbustos, habían disparado sobre el pequeño convoy, y tras la descarga se había consumado la brutal acometida al machete, cual era su práctica de combate, para arrebatar vidas, si las había aún en alguno, y arrancar las ropas y el calzado de los muertos que yacían tendidos en el camino. Los estampidos oídos por Magdalena habían sido los de la pequeña escaramuza, terminada tan rápidamente como había comenzado; luego se había impuesto la huida con el botín, más precipitadamente aún para escapar a la persecución, con la misma presteza con que se había dado la acometida, y la cual persecución sería hecha por las columnas volantes, ya del Cobre o ya de Santiago.

Magdalena no conocía si no de oídas lo que eran los horrores de la guerra; la realidad positiva, vista y sentida, no la había estremecido jamás; las fibras de su corazón no habían vibrado sino por relatos infieles a los cuales faltaba siempre lo patético. La desaparición de su hermano, sabida después, pero no escuchada de labios del fiel Juan con toda su crudeza, en los instantes en que la muerte arrebataba a su madre, hiriéndola hasta hacerla rodar, privada de sentido, en la pobre habitación alumbrada por una claridad mortecina, era una impresión que conservaba en su cerebro solo como el vestigio de un relámpago.

Tambaleando, arrastrándose por sobre aquel manto blanco, escudriña, hurga con ambas manos los montones de harina, en busca de cadáveres, y entre estos el del leal *Chimbí.* Con valor que a veces parece abandonarla, acércase a uno de los cuerpos, que se encuentra boca abajo; quiere volverlo de cara al Sol: faltándole las fuerzas, cae de bruces y da su rostro contra la espalda fría del muerto. Brota de sus labios un grito de terror, que no puede reprimir; acuden a su auxilio sus compañeros, asustados y temblorosos, y cada uno la toma por un brazo.

—¡Niña! —le dice la vieja con tono de compasión—. ¡Niña, vámonos!

—¡No! —responde Magdalena, con los ojos brillantes de fiebre.

Vióse que aquel cadáver no era el buscado. Más allá, otro, con el cráneo hendido de tremendo machetazo, no es tampoco el de *Chimbí.* Dos cuerpos más, a poca distancia uno de otro, junto a un ribazo, adonde fueron a caer, quizás creyendo salvar la vida, forman un grupo sangriento: son dos movilizados y bajo una carreta asoma la cabeza de otro carretillero, muerto de una bala que le atravesó el pecho.

—¿Y *Chimbí?* —se pregunta Magdalena, ansiosa, anhelando no encontrar allí su cuerpo y con la vaga esperanza de que haya podido salvarse. La joven con la harina hasta el tobillo, llega a la primera carretilla.

Marcha desorientada, la impulsa el desvarío de su deseo, y sin reparar dónde pone la planta, húndese algo más en el blando montón y vuelve a caer tendiendo los brazos instintivamente, y sus manos tropiezan con otro cuerpo frío y resistente.

Sin llamar a nadie en su ayuda, comienza a separar la espesa capa de harina vertiginosamente; una cabeza se delinea, sus dedos la limpian para distinguir el rostro, y, por fin, la fisonomía del negro *Chimbí* resalta entre el montón de polvo, pintorreada de blanco, con la boca entreabierta y los ojos cerrados. Magdalena no grita; un sollozo inarticulado borbotea en su garganta, y se muestra desencajada de horror.

—¡Mi pobre *Chimbí*! ¡Si la culpa ha sido mía! —piensa quizás, se recrimina, y puede, tras continuados suspiros, romper en sollozos y en grandes gritos desgarradores, desahogando su alma oprimida y perdida en un mar de trágicas confusiones.

—«¡La guerra!...» —es su exclamación suprema, y «¡La guerra» no cesa de repetir con una inconsciencia aterradora. Perdida la mirada en el vacío, la naturaleza se destaca ante ella como una mancha de color ceniciento y apagado.

Popot, después de hablar a *Ma-Chepa*, se acerca a la joven, la toca en el hombro, y le dice con acento conmovido:

—*Mademoiselle. ¡Dieu la voulu!*[22] Hay que volver a la ciudad.

Magdalena, en el primer momento, contesta con rebeldía y dureza:

—¡No! —y se resiste a cuantas instancias y reflexiones se le hacen para persuadirla. Después de algunos minutos, pasado el alarde de rebelión, indiferente y atontada, déjase alzar y conducir como un niño sin voluntad. No quedaban ya en ella ni fuerzas, ni ideas, ni sentimientos: estaba vencida.

Llevada a rastras por *Ma-Chepa* y *Popot*, desciende la Loma de la Cruz, y va retornando la peregrinación. A fuerza de traspiés, empujada a veces, arrastrada muchas, en la angustiosa duda los que la acompañan de si podrían de esa manera alcanzar la ciudad, desciende aquel grupo sombrío como una masa ebria, tambaleando en la ruta y tropezando con todos los obstáculos del camino del Cobre.

La noche se les encimaba, atardecía con rapidez, y las primeras constelaciones se vislumbraban en el azul blanquecino de la atmósfera, y dábanse prisa los viandantes por adelantar lo posible.

—Un poco de agua, hija —rogó *Ma-Chepa* al llevar a los secos labios de Magdalena el jarrito de lata. Quedóse ésta con los dientes apretados, como si no entendiera la súplica, y las mandíbulas no dieran paso al líquido. La viejecita reiteró su instancia—: Bebe, hijita —y hubo tal cariñosa insinuación,

---

22 ¡Señorita, Dios lo ha querido!

que pudo deslizar un sorbo en la boca de la pobre mártir, de cuyo pecho se exhaló un leve suspiro.

Estaban ya lejos de la fatal Loma, cuando el ruido de un pelotón de caballería les hizo echarse precipitadamente a un lado para no ser estropeados: desembocó una fuerza de cincuenta hombres montados, del Regimiento del Rey, con las carabinas preparadas, rumbo hacia la ciudad; el teniente que la mandaba les dio el alto y fue hacia ellos.

Detuviéronse incontinenti, y *Ma-Chepa* buscó en el bolsillo de Magdalena el salvoconducto y lo presentó al jefe. Este lo leyó detenidamente, y preguntó:

—¿Cómo es que, yendo para el Cobre, están ustedes desandando el camino?

—Señor —replicó *Popot* con su habitual cortesía, sombrero en mano—, salimos esta mañana a pagar una promesa a la Virgen de la Caridad. En la Loma de la Cruz tropezamos con la *catastrófe* (así pronunciaba *Popot* la palabra catástrofe), y no hemos podido seguir. Esta niña se está muriendo, señor.

Miróles compasivamente el oficial, y quizás cruzó por su mente la idea de socorrer a Magdalena el verla tan abatida: pero esto no era posible en aquel instante, y devolviendo el documento, añadió:

—¡Que lleguen con bien! —y ordenó la continuación de la marcha. La caballería ocupaba el ancho del camino, en dos alas, a distancia de dos varas un soldado de otro.

A lo último, por ser inútiles los servicios de guía, tanto por estar sobre la población cuanto por ser harto conocido el trayecto, cerraban la marcha un sargento y el práctico de la columna. Este negro de mal talante, con el sucio sombrero tirado hacia atrás, tipo descarado, de mirar insolente y avieso, al enfrentar con el grupo, reconoció a *Popot* y le increpó con el lenguaje soez de un canalla:

—¡Eh! *musiú*, ¿adónde vas con esa *blancusa* tan mala hembrita?

La injuria fustigó el rostro de *Popot* de manera cruel, y con un valor impremeditado e increíble, adelantó dos pasos, levantó el brazo derecho y escupió una maldición, temblándole los labios de coraje.

—¡Canalla! ¡sinvergüenza! ¡Negro traidor había de ser! —y las sílabas se prolongan y se arrastran en su garganta, para obtener el tono de afrenta que les quiere dar.

Soltó grosera carcajada el práctico, y con otras palabras indecorosas, se volvió, replicando:

—¡Oye, *musiú*, si me dejan, te tumbo el pescuezo! —y desenvainando el machete, avanzó hacia el inerme caminante, vociferando a voz en cuello—: ¡Machete!

Interpúsose el sargento entre el práctico y *Popot*, y dando un empellón al del caballo, exclamó despreciativamente:

—¡Ea! fuera líos. ¡Andando! ¡A ver si se calla! ¡Que no tenga que hacerlo yo!

—Es... mi sargento. ¿No oyó que me dijo traidor? —prorrumpió gangoso y cobarde el práctico ante su jefe.

—¿Y qué?... —replicó el sargento dirigiéndole una mirada de asco—. ¡Ea! ¡Andando, he dicho! ¡Arreando! —y partieron espoleando los caballos.

Y la columna va perdiéndose en busca de la población, envuelta en las primeras sombras de la noche, que descendían de lo alto.

La vieja *Ma-Chepa*, con aspecto de sibila, de pie en el centro del camino, hizo al negro práctico la señal de la cruz y lanzóle al traidor una verdadera maldición que, apagada por el ruido de los cascos de los caballos, no oyó, por fortuna, el mal cubano:

—¡Quiera Dios que pronto te coman las auras!

Ya cerca del cementerio hallaron, al paso, una carretilla sin carga alguna, y el conductor se prestó gustoso a tomar a los tres peregrinos para conducirlos hasta la entrada de la ciudad, preguntando antes:

—¿Cómo harán al llegar al Yarayó?

—Aquí está el salvoconducto —contestó *Ma-Chepa*.

—Pues monten enseguida.

Algo más de las siete de la noche serían cuando arribaron al Paseo de Concha; allí se desmontaron, y con andar lento y arrastrado tomaron por la calle del Gallo, quebrantados totalmente y exhaustos de fuerzas.

María y Susana aguardaban impacientes; la noticia del ataque en el camino del Cobre era conocida de todos. Apenas les divisó, corrió María a sostener a Magdalena, la llevó casi en peso al aposento, la ayudó a acostar, la abrigó con una manta, preparóle una taza de té de hierbabuena, acomodóle la cabeza en la almohada, y adivinando lo que no se le contaba, dijo tristemente, como para arrancarle una palabra:

—Descansa, hija; duerme... y...

Abrió entonces Magdalena un tanto los entornados párpados, miró fijamente a la buena andaluza, la reconoció, y respondió con acento indefinible a la frase de «descansa y duerme»:

—¡La guerra! ¡qué horror es la guerra! —y volvió a cerrar los ojos, para quedar envuelta en más grande soledad, más densa oscuridad y mayor silencio.

XIV

¿Qué pasa en la ciudad? Ayer el movimiento no tenía término: del mercado se iba a la Plaza de Armas, y de ésta se llegaba a las tiendas; de los establecimientos públicos se asistía a las reuniones familiares, y de las funciones religiosas de las iglesias de Nuestra Señora de los Dolores y de San Francisco se pasaba a las retretas de las músicas militares, que eran concurridísimas, dos veces por semana. ¿Qué sucede hoy que así trastorna a la población entera?

La frecuencia de las perturbaciones civiles había desarrollado entre las gentes una impasibilidad superficial. Cada cual, aunque sabía esconder en lo más hondo del corazón sus emociones sin dejarlas traslucir, no por ello, a pesar de tanta habilidad, lograba ocultar completamente a la observación curiosa la diferencia del ayer y del hoy. Los acontecimientos, brutalmente y como a zarpazos, venían a rasgar de continuo el alma de los que, muy bajito, se repetían, como en una oración cotidiana: «¡Cuba libre!». ¿Qué sucedía, pues, entonces?

El Sol estaba espléndido; sus rayos lucían sin el más leve obstáculo, y ni celajes ni brumas impedían que derramase libremente su magnificencia de luz. El comercio, paralizados los negocios relativamente, parecía más abatido aún en aquellos días por lo menguado del movimiento de acarreo de mercancías en carretillas. El ronco son del silbato de la vieja locomotora «Vargas», advirtiendo, como de costumbre, a los viajeros, a las cinco de la mañana, que la hora de partir estaba próxima, resonó, en aquella madrugada singular, como resoplido entrecortado de bestia sorprendida por muerte repentina. Pesaba sobre la población una tristeza infinita: las gentes parecían desconocerse; una ligera inclinación de cabeza bastaba para el saludo del momento, en vez de la diaria familiar comadrería, y los mismos peninsulares, alistados en los batallones de soldados voluntarios, al pasar con el arma al hombro para sus diferentes puestos de guardia, llevaban en el rostro un sello de recogimiento que, sin encubrir totalmente la alegría, dejaba reflejar cierta conmiseración.

Los cuerpos de guardia de la cárcel habían sido reforzados. La Casa Palacio, residencia del comandante del Departamento Oriental, excelentísimo señor don Juan Nepomuceno Burriel, era como un enjambre de voluntarios y de oficiales del ejército, que entraban y salían febrilmente, y los ordenan-

113

zas se multiplicaban, con desusada actividad, para llevar y traer partes... El Círculo Español, repleto de militares de los diferentes cuerpos, parecía una plaza conquistada, y al ruido de las sillas apartadas para sentarse con comodidad, se juntaba el resonar de espuelas y de sables sobre las baldosas de mármol. Los galones de oro y de plata, adornos de kepis y bocamangas, y las cruces y demás condecoraciones de que estaban cubiertos los pechos de los jefes, alternaban con los manteos de los canónigos Lecanda y Garrós, en cuchicheo con capellanes de regimientos. Los curas castrenses se distinguían de los otros individuos uniformados por sus alzacuellos morados, y, lo mismo que los militares, iban y venían, dirigiendo y sosteniendo discusiones más o menos acaloradas, mantenidas en voz baja, como si algo superior les impusiera el respeto a la omnipotencia de la fuerza bruta.

Se cernía sobre los vecinos una congoja, el encogimiento dominaba en casi todas las familias, y en algunas el terror y el espanto imperaban por completo.

El mes de noviembre de 1873 era nefasto para la causa de la Insurrección; el vapor de guerra español *Tornado* había entrado en la bahía trayendo, a remolque y prisionero, al vapor norteamericano *Virginius*; golpe mortal asestado a la lucha por la independencia, tan grande, que aun los mismos victoriosos sintiéronse como sobrecogidos por el que era para ellos feliz suceso.

Los peones de los muelles de carga y descarga de los buques, en el puerto, se refieren, en voz baja, la desgracia. Miradas de curiosidad y de inquietud se dirigen a los dos vapores. Con ahínco los obreros se consagran al trabajo: ruedan bocoyes llenos de azúcar, cargan fardos de mercancías para la Aduana, y, lo hacen, esforzándose por cumplir y callados por afán de olvidar; y como vaho que se levanta del fondo de una cañada, se desliza por la cuesta, y alcanza la cima de la montaña, el murmullo de parte del pueblo trabajador; en la Marina, va extendiéndose desde la playa hasta el Campo de Marte, enseñoreándose de todos los corazones, con la misma vehemencia y con la misma intensidad. Es pérdida irreparable, y con ella sobreviene el descorazonamiento. Derrúmbase con la presa el edificio conquistado a fuerza de tanto luchar; tanta sangre derramada ha sido inútil, tanto valor ha sido vano. La esperanza de ayer en la victoria se traduce en desaliento hoy, y las energías se truecan en flaqueza y en duda; la fe vacila en el alma cubana.

114

María García, conocedora del acontecimiento y sabedora del estado de debilidad de Magdalena, llama a Susana apresuradamente, y poniéndola al corriente de lo que ocurre, le encarece que oculte a la joven aquel desastre. Susana promete no salir, y, en efecto, no abandona la casa, y acechando a *Popot*, hácele la misma recomendación; éste, con su singular eficacia, permanece como de guardia al frente de la casa, para atajar al que le parece que va a llegar a ella, y con petulancia de servidor fiel y como centinela en cuya fidelidad se confía, desvívese en andar y desandar por los alrededores, sin perder de vista ni aun a los que más indiferentemente transitan yendo a sus quehaceres.

El primer día del horrendo proceso, o sea el de la llegada del *Virginius*, pasó completamente inadvertido para la enferma; mas no resultó así en el segundo. Hubo silencio y soledad para Magdalena en tanto que se redujo la faena fatal al desembarque de los prisioneros, a las conferencias, a los sumarios y a los consejos de guerra, preámbulo de las ejecuciones militares. Todos estos movimientos preliminares limitábanse al radio de la bahía a la cárcel pública, de la cárcel al palacio, y, concentrado en ese círculo reducido, no se espacia el procedimiento judicial en ruidosas manifestaciones. El estallido no se haría esperar, y debía llegar cruel e inhumano.

Dormitaba Magdalena, y entre sueños llenos de laxitud de cuerpo y espíritu, era su hábito permanecer abandonada en el lecho. Semanas hacía que una tranquilidad *pavorosa de aislamiento*, como le repetía a Susana, la amparaba en una quietud material relativa; no recibía noticias, no se hablaba de acciones resonantes, no acudía nadie a su casa; y juzgando los hechos y su situación, que denominaba *el abandono del postrer amigo*, aunque sonriendo a la frase, desbordábase la amargura de su alma. Deleitada en ese estado semilúcido en que se permanece despierto y se duerme y se sueña, en que la imaginación vaga libre y se halla, sin embargo, aferrada al cuerpo que dormita, sin voluntad eficaz para desligarse de tal estado, laxitud que no es vida ni es muerte, sobresaltósele de pronto el corazón, se incorporó un tanto en la cama, apoyó ambas manos en la colchoneta para que le sirviera de puntal al cuerpo, levantó la cabeza y escuchó con avidez.

Eran las cinco de la madrugada, y estaba aún la ciudad envuelta en las brumas de la noche. Por la cerrada ventana se escurría un hilo de tenuísima claridad, y ni ruido de carretas, ni el galopar de los caballejos de los lecheros, indicaban el advenimiento del día.

La curiosidad ansiosa de Magdalena quedó burlada durante largo rato, y figurándose haber sido engañada por el estado de su sensibilidad desequilibrada a consecuencia de la aprensión constante por las alternativas de la guerra, se aquietó y volvió a reclinar tranquilamente la cabeza en la almohada. En el mismo instante, el estridente alarido de una corneta, tocando llamada de tropa, en la misma esquina de la calle de La Habana, la estremeció violentamente y la hizo saltar del lecho, apoyarse en él para no rodar, y, llevando una mano a la frente, gritar azorada:

—*¡Dá!*

El toque del clarín de guerra por la madrugada, aviso para reunión de soldados voluntarios, era anuncio seguro de una ejecución capital.

—Pero, ¿a quién, Dios mío? —se preguntaba la enferma en tanto que esperaba a Susana, que desde su habitación había respondido:

—¡Voy!

—*Dá*, ¿qué pasa?... ¿Tú no sabes nada?... ¡Dios mío! ¿A quién van a matar? —y la una preguntando, y la otra sin responder, lloraban juntas, no habiendo ya en ellas otra sensibilidad que la del dolor y el llanto para todo suceso extraordinario.

No debían abrir la puerta de la calle a aquella hora; hubiera sido peligroso e inútil también. Magdalena, completamente abatida, sentada en un mecedor, y Susana a su lado, muy junto a ella, en una silla, dejaron a la imaginación recorrer libremente el campo de las conjeturas, sin dirigirse una palabra, sin mirarse siquiera, concentradas en el dolor que se retorcía en sus entrañas como las raíces sarmentosas de un arbusto se enroscan a un peñasco descarnado, adhiriéndose fuertemente a él para no perder la poca capa vegetal que las alimenta.

El silencio continuó imperando entre las dos mujeres, tan lúgubremente como desdichadas eran ellas. Vivían muy lejos para escuchar el bullicio de las tropas en marcha, y la congoja de sus corazones tuvo que conformarse con el palpitar inusitado. El aislamiento era inquebrantable.

—¡Ay! —balbuceó repentinamente Magdalena—. ¡Ya!... —y cayó de rodillas, juntó la frente al mecedor y sollozó más desesperadamente aún. Dos descargas de fusilería, cuyo eco había llegado hasta ella, le hicieron comprender que habían pagado con la vida su amor a la independencia algunos libertadores de Cuba.

—¡Susana, sal! —añadió volviéndose enloquecida a la nodriza—. ¡Anda!... ¡Vete!... ¡Quiero saberlo todo, todo! ¡Dios mío, Dios mío! ¡Qué horror! ¡Vete! —le gritó enronquecida a la nodriza, notando que no se movía a sus incitaciones.

Y siguió llorando, sin poder refrenar sus desesperados gemidos, ni tratar de conseguirlo.

Con el día, a las siete de la mañana, fue abierta la puerta, y Susana se trasladó inmediatamente a casa de María García para referirle lo acontecido. Aquella buena criatura se limitó a responder:

—¡Virgen Santa, me la van a matar! —y agregó—: ¡Anda, hazle tomar un poco de leche, y dile que yo iré a contárselo todo!

Fortuna fue para Magdalena la vecindad de María, y fortuna también para la andaluza el estar unida a Garriga, por participar ambos de idénticas ideas generosas, de amplia opinión de libertad y saber apreciar los sucesos tales como deben ser considerados, con alteza de miras y sin llevar el rescoldo de las pasiones preñadas de odios a las relaciones sociales, y al cumplir con el deber militar, por duro que fuese, ejecutarlo sin rencor ni crueldad.

Aplazó María su prometida visita hasta las nueve de la mañana, hora en que Garriga volvió de la formación de las tropas que presenciaron la ejecución militar; conferenció largamente con su esposo, y convinieron ambos en que lo mejor era no ocultar nada, referirle a Magdalena cuanto ocurría, que por algo se decía «a grandes males, grandes remedios»; y que peor sería, mucho peor, que lo que había de saberse lo fuera sabiendo «por entregas». Mejor, pues, sería referirle los trágicos sucesos de sopetón.

—Ve, hija —agregó Garriga con voz algo trémula— y que el Señor te ilumine. ¡Verdad que es duro trance!

María, con la mayor delicadeza, acercó una silla al mecedor de la enferma, separóle suavemente las manos con que cubría sus ojos, dejóla con la cabeza reclinada al respaldo del balance, y la interrogó con cariño y lástima:

—¿Tomaste leche, niña mía?

—Sí —contestó Magdalena con voz apagada.

—Vamos, no me canso de decírtelo: hay que tener valor, ánimo para todo —y, suspirando, continuó—: La vida es un desastre, Magdalena. Tu camino es un calvario, con una cruz a cuestas... cruz más grande que la de Nuestro Señor... Pues... ¡hala, a andarlo sin desmayo!

—Sí... ya lo sé. Valor... no me falta; pero... me quebrantan a veces de tal modo...

—¡Sí, lo comprendo, la guerra! —replicó María, turbada en su conversación.

No la dejó proseguir Magdalena, e inclinándose a ella le preguntó de pronto y con rapidez:

—María, ¿a quién fusilaron esta mañana?

No esperaba la buena vecina pregunta ni tan breve ni tan brusca, por lo cual, totalmente desconcertada, respondió:

—Te diré... Ármate de valor, y te prometo —y la contemplaba con angustiosa fijeza— referirte cuanto está pasando.

—Sí —contestó Magdalena anhelosa, con apagado acento—, cuéntemelo todo... ¡Tengo valor!... Pero, ¿a quién fusilaron esta mañana? —y echó la cabeza de nuevo hacia atrás y cerró los ojos, que había entreabierto al hacer la imperiosa pregunta.

—Aguarda, y lo sabrás —y María fue relatando que el gobierno estaba en autos de que el vapor *Virginius*, con bandera norteamericana, había arribado a Jamaica, conduciendo a bordo una expedición *filibus*... Y escapada la palabra *filibustera* impensadamente, quiso recogerla la bondadosa mujer, por lo que pudiera herir a Magdalena tal palabra, y sofocada, prosiguió aceleradamente—: De rebeldes, hija, que en Jamaica habían cometido la imprudencia de celebrar el feliz arribo del vapor expedicionario con un gran baile, y propalar, además, adónde iban y de dónde venían; el cónsul español, al dedillo de todo, telegrafió lo que ocurría, y el vapor de guerra *Tornado*, de vigilancia hacía muchos días, dio caza al *Virginius*, lo trajo al puerto, y un consejo de guerra sentenció y...

Hubo crispaturas nerviosas en los dedos de la enferma, que, aspirando aire con fuerza, volvió a preguntar impaciente:

—Pero... ¿a quién han fusilado esta mañana?

Cada una de estas preguntas inesperadas y anhelosas turbaban a la andaluza, que trataba de alargar la relación para llegar a la descripción final sin saltos desconcertantes; pero, a pesar de todo, continuó:

—Voy... La ejecución de hoy, de los juzgados, cuatro verdaderos valientes... Han estado en el tribunal serenos, serenos han estado en sus contestaciones... y han muerto valerosamente gritando: «¡Viva Cuba libre!».

Calló la narradora, esquivando el dar los nombres de los ejecutados, y permaneció tranquila contemplando la faz nacarada de la joven, veteada de ligerísimas líneas azules, queriendo penetrar en esa alma atribulada y suponiendo que su corta relación habría de bastarla y satisfacerla.

Sin abrir los ojos, sin hacer el más leve movimiento, insistió la señorita Delamour en su primera pregunta, con una tranquilidad que no parecía acorde con sus sufrimientos, ni con la impaciencia, cada vez mayor, demostrada en el tono de la voz:

—¡Pero, María, por Dios!... ¿a quién han fusilado, por fin?

—Bembeta, del Sol, Céspedes, y un norteamericano, un tal Ryan...

Al escuchar estos nombres, un violento estremecimiento conmovió a Magdalena, sacudiéndola como rama agitada por un huracán; pero, sobreponiéndose al desastre conocido, permaneció en la misma posición, y con el mismo estilo imperioso replicó:

—Gracias, María... ¡Déjeme sola!

La noble andaluza comprendía a Magdalena y sentía con la pobre criatura; entendió que dejarla sola era lo mejor, y sin contradecir su deseo, levantóse, abrazóla tiernamente, y salió, cerrando la puerta tras sí.

Aquel día nadie habló en la casa; algún monosílabo entre Susana y Magdalena, un vaso de agua pedido, un pañuelo requerido, fue todo lo que interrumpió la monotonía silenciosa impuesta por el sufrimiento reconcentrado en el alma de aquellas mujeres.

Los otros días que siguieron a éste fueron también de calma siniestra y fatal. El torbellino de las pasiones, aunque comprimidas, constituyó su núcleo absorbente, impetuoso, lanzador de noticias espeluznantes impulsadas por pensamientos inhumanos, disolventes de la calma y la serenidad y fomentadores de mayor odio en cada cual.

El día 7 de noviembre fue el día de la expansión de la soberbia brutal, sin conciencia ni humanidad.

Mandaba el vapor *Virginius*, al servicio de Cuba rebelde, José Fry, ex capitán de la marina de guerra de los Estados Unidos de América. Avistado el buque por el de guerra español *Tornado*, forzó máquina para escapar a la persecución; las hornallas fueron abastecidas locamente de jamones y otros comestibles que, en vez de servir para avivar los fuegos, los disminuyeron; la fuerza de la máquina menguó, y el buque, pesado en el andar, fue al fin alcanzado a la vista de Jamaica, en aguas inglesas, ya casi de noche, el 31 de octubre, y, declarado prisionero, atado a la popa del *Tornado*, entró remolcado en la bahía de Santiago.

Ya no era el sistema nervioso excitado lo que predominaba en Magdalena; su irritabilidad; por una parte, y su desesperación, por otra, la hicieron maltratar de palabra a Susana y tornóse insoportable con *Popot* y hasta con María García. Rechazó toda frase de conformidad y de consuelo, y, colérica y debilitada, replicaba, a cualquier insinuación:

—¡Déjenme, déjenme sola! —y ni salir todos del aposento, tiraba con fuerza la puerta de la habitación tras ellos, de tal manera que, chocando las hojas, se entreabrían de nuevo al golpe que las lanzaba.

Quedóse a la postre tal cual era su deseo, y fue prudencia en la andaluza encargar a *Popot*:

—Vaya por el doctor Hartmann —temía, con razón, otra crisis tan violenta como la última y que precipitara un desenlace funesto. El doctor calmaba a la niña más con sus palabras que con sus medicinas.

Costó trabajo encontrarle; por fin se le halló, y prometió ir por la tarde. Recomendó a *Popot* que dijera a Susana que no permitiera que la enferma se moviese del lecho, y que permaneciese así hasta que él llegara.

Era ya noche completa cuando apareció el galeno. No llegó a caballo, como acostumbraba efectuar sus visitas; fue a pie, y sin llamar empujó la entornada puerta. Al atravesar la sala, a la escasa luz del quinqué de petróleo se destacó la noble figura del anciano, vestido de blanco y más severo como jamás se le había visto.

Descubierta la cabeza, fuese directamente a la habitación de Magdalena, y, como la vez primera, atajó el saludo de Susana con un:

—Déjame solo —sentóse a la cabecera del lecho y pasó la diestra por la frente de la enferma.

Un gemido y un torrente de lágrimas respondieron a la insinuación de la mano. Magdalena adivinó al doctor Hartmann, y no hubiera podido articular una palabra aunque ese fuese su deseo, ni le cabía hacer otra demostración que el llorar.

Dejóla desahogar libre y abundantemente, y cuando la creyó un tanto calmada, con su acento más patético y cariñoso la interpeló de esta manera: Magdalena, si estabas destinada a grandes pruebas, si tu camino en el mundo es el dolor, si tu vida es un calvario, y lo sabes, ¿por qué te desesperas así?

Sintióse la niña como galvanizada a la frase «¿Por qué te desesperas así», y tratando de incorporarse, exhaló de su garganta esta frase lastimera:

—¡Doctor, si están matando a todos los cubanos! —y volvió a su interminable llanto y a sus sollozos.

Sin permitirse una sola reflexión, esperó Hartmann, con su ingénita bondad, a que se recobrase la joven, y cuando consideró que siquiera un átomo de resignación infundido en la enferma llevaría alguna serenidad a su alma, volvió de nuevo a su peroración:

—Escucha, Magdalena; tú sabes bien que es a tu padre al que tienes en mí en este instante; y yo, que soy además para ti médico del cuerpo y médico del alma, no he de rehuir ningún esfuerzo para devolver a ambos la salud posible...

Ella, dominada, como lo era siempre, por el acento insinuante del doctor, quedando subyugada a la más pequeña indicación, no lo fue esta vez, y le impidió terminar su oración; y como si todo su pasado reviviese en el habla reposada y cariñosa de Hartmann, le interrumpió, diciéndole afanosa:

—Sí, sí, diga... Lo que usted quiera... haré yo.

—Sí, lo sé; atiende y aprende, hija mía, que hay sufrimientos tan grandes como los tuyos, y dolores... superiores, mucho, mucho más terribles que los tuyos también. Conoces ya lo pasado con nuestros generales... ¡Ya no son! ¿Sabes lo que ha pasado esta tarde?...

—¡No lo sé; lo adivino! El viento me lo trae todo... Esta tarde... tres descargas... y tiros... y más tiros... —y comprimiéndose los ojos y las sienes con ambas manos, balbuceó con decaimiento, mientras movía la cabeza—: ¡Van a acabar con nosotros, doctor!

Las detonaciones le habían indicado que, a la puesta del Sol, se habían llevado a cabo nuevas ejecuciones, y esto era todo. María García, llena de conmiseración, no se había acercado a la casa prudentemente, y ella misma, ocultando quizás las penas de su corazón, mantúvose aislada, cerrando también su puerta a todo el mundo.

Levantóse del asiento el sabio anciano, restituyó a Magdalena a su posición primera, colocó cuidadosamente la almohada, acomodó la cabeza de la enferma en ella con bondad suma, y con una sonrisa con que en vano quiso ocultar su tribulación, le dijo:

—Cierra bien los ojos y te aislarás de la tierra. Lo que voy a referirte es horrible. Para escucharme, es necesario que tu alma se eleve mucho, mucho, pero muy alto. Todo lo sabrás.

—¿Todo?... —exclamó anhelante Magdalena.

—Todo; nada habré de ocultarte; por lo contrario, tus heridas, exasperadas por mí con la lastimosa relación que vas a oír, quizás se alivien al compararlas con las de los demás. Pena mayor que la tuya será consuelo para tus congojas... ¿Conoces la historia del *Virginius*? ¡Quién no la conoce! Todos los que sentimos por Cuba hemos seguido su salida de los Estados Unidos, su arribada a Kingston. El *Virginius* era casi nuestra última esperanza. La suerte nos ha sido traidoramente cruel. ¡Ah! ¡cuánto cuesta ser libre! ¡Y cuán triste es que la libertad se bautice con sangre y más sangre, y que sus cimientos se amasen con ella y con lágrimas! —hubo una pausa larga. Magdalena, abismada en el relato, parecía insensible; concentrada en sí misma, se aislaba de tal modo para no perder una sola palabra y no dejar escapar una sola frase, que la que se encontraba en el lecho no parecía un ser viviente, sino una estatua yacente sobre colchones, en vez de ser sobre un sepulcro de mármol.

—Todo lo humanamente posible se ha hecho para salvar a los prisioneros. El cónsul norteamericano me ha referido, con sus menores detalles, los esfuerzos y las influencias puestas en juego para impedir la ejecución. Todo ha sido en vano. Ha habido en la soberbia del gobernador un reto rechazando toda dilación y... ¡ni de Jamaica ni de los Estados Unidos se ha llegado a tiempo! ¡Pueda Dios perdonar tanto crimen!... Escúchame atentamente, Magdalena; en estos instantes desahogo en ti mi alma, y, al hacerlo, infundo a la tuya la resignación que le es necesaria. Cuando la bandera norteamericana fue arriada del vapor *Virginius*, la pisotearon y la desgarraron los asaltantes, y el capitán Fry exclamó, dirigiéndose al oficial español que mandaba el pelotón: «Esto lo hace usted por no tener mi gente armas. ¡Y él y la tripulación fueron las víctimas de esta tarde!... ¡Y murieron serenos y valerosos!... ¡como hombres!» Fry, Magdalena, deja mujer e hijos pequeños, y los demás... ¡cuánta esposa desesperada, y cuánta madre abandonada!... —y se le enronqueció la voz al narrador, turbado por la emoción.

—¡Hable, doctor, hable! —se apresuró Magdalena a animarle, al notar el silencio de Hartmann.

—Sí, sí, continúo; óyeme... pero no a mí; oye al mismo capitán Fry, para que, con el destrozo del alma ajena, se apacigüe la tuya. Atiende a estas frases entresacadas de sus cartas de última hora, palabras dedicadas a los pedazos de su corazón. ¡Cartas que he tenido en mis manos! ¡letras impresas aquí, en mi memoria! —y llevó una mano a su frente—. Fíjate bien. En carta dirigida a su hija Agnés, escrita desde el *Tornado*, le dice: «Mi querida hija Agnés: me pides que cuando escriba otra vez a tu madre, que te escriba a ti también, y así lo hago ahora, y ésta será probablemente la última que recibas de tu padre...» —y volvió a callar el doctor, un momento alterada y temblorosa la voz—. «Espero, hija mía, que olvidarás mis sufrimientos... Amaos los unos a los otros, y si quieres honrar mi memoria, la memoria de tu padre, di la verdad, sea cual fuere el sacrificio que haya de costarte... y Dios te bendecirá... ¡No me olvides! Adiós, hija de mi alma. Me es doloroso que mi primera carta a ti sea tan triste, hija mía; pero, si amas a tu padre de veras, sé bondadosa, sé buena y sé honrada.»

Hubo un balbuceo en Hartmann, pero se repuso presto, y prosiguió:

—Al doctor King, uno de sus íntimos amigos de Nueva Orleáns, le dice, entre otras cosas: «He sido hecho prisionero por el vapor español *Tornado*; se me avisa de que mañana por la mañana, yo y treinta más seremos llevados a un consejo de guerra, y me han agregado, quizás por política, que seremos fusilados... Ayer fueron sacrificados cuatro valientes compañeros míos, y dentro de cuarenta y ocho horas estaré con ello... Dios os bendiga a vos como a los vuestros, querido doctor, y pueda haber paz en nuestro combatido territorio es la última súplica de vuestro amigo...».

Y siguió el bueno del doctor, hablándole a la desconsolada enferma cada vez más impresionado:

—De todos se acordó. A su tía le hizo estas líneas: «Como esperaba, tía, seré juzgado mañana y fusilado a la puesta del Sol... La he amado a usted siempre... Cuando lea esta carta, ya habré muerto hace tiempo, y ninguno de vosotros debe derramar una lágrima por mí... Rogad por mi viuda y por mis huerfanitos...» atiende bien lo que a su hermana dijo —añadió Hartmann—:

«Pasado mañana es el cumpleaños de Sis; en lo adelante le será doblemente memorable este día, porque dentro de treinta y seis horas seré fusilado... ¡Pobre querida Dita! ¡No en vano tiene el rostro de una madona!... Comulgaré y moriré enseguida... Di a Sis que no se entristezca por mí... Espero que Dios no me abandonará, y que mis amigos tendrán compasión de mi pobre mujer... Tengan mis amigos calma, y no abandonen a mis hijos... Besa a *Willei* por mí... a mi pequeña Lina y a Annie... Besa a Aggy y a Sis. Bendiga Dios a mis pobres hijos...» —y suspendido el relato, fue una especie de rugido el sollozo ahogado de Hartmann. Se creía fuerte, y no pudo conservarse imperturbable.

—Y fíjate en esta postrera carta, dirigida a su desgraciada esposa: «Querida, queridísima Dita: cuando te dejé, nunca pensé que fuera por la última vez; y esta noche, cumpleaños de Annie, con una tranquilidad admirable en la naturaleza, y en una noche apacible, de una Luna hermosísima, alma mía, santa esposa mía, no experimento más que una pena: mi única tristeza es la angustia en que te dejo... El presidente del consejo de guerra me ha pedido de favor que le dejara abrazarme, y me estrechó contra su pecho... Cada miembro del consejo me estrechó la mano, a uno le oí decir: ¡Pobre Bembeta!, y en verdad que hay que repetirlo así: era la criatura más simpática y valiente que he conocido. Corazón mío, ten valor, sé capaz de soportar el dolor por mí... Siento que pronto estaré contigo, querida Dita, y no te asustes de mí si me ves... Ora por mí, y yo estaré junto a ti, rogando también... Espero que no quedarás abandonada... No temas a la muerte, cuando ella salga a tu encuentro: será el ángel del descanso que te enviará Dios; no lo olvides... He cumplido con mi deber; mis hijos no olvidarán a su padre y lo recordarán con amor. Puedes repetir que el último acto de mi vida ha sido acto de profesión de fe, y que ante el Altísimo no tendré temor de nada, porque de nada habré de avergonzarme... Dita querida, querida Dita, pronto habremos de encontrarnos de nuevo; hasta entonces, adiós, adiós por última vez. Tu...»

Y no salió sonido de palabra alguna de la garganta del doctor. El silencio se hizo sepulcral. Bajó la cabeza el anciano; un hipo de momento en momento y una aspiración gutural fue todo. Los sollozos de la desgarrada Magdalena se confundieron con los del anciano, por cuya faz rodaban gruesas lágrimas. Caían las gotas sobre su luenga barba rubia, deteníanse entre las hebras como entre enmarañado zarzal, hasta caer y depositarse sobre sus manos que, de cuando en cuando, se deslizaban hasta las mejillas para enjugarlas con el blanco pañuelo de batista.

Aquella noche memorable argenteaba la Luna con todo su esplendor sobre la ciudad aterrorizada, y sus reflejos rebrillaban con más fuerza sobre varios manchones negros y lucientes, como charcos de aguas corrompidas, junto a las tapias del rastro de reses. Resplandecían un tanto las líneas luminosas, retozando a ratos sobre aquello viscoso con brillo de azabache, y los perros vagabundos se lo disputaban golosamente a dentelladas, aullando y acometiéndose con fiereza, gruñendo y mordiéndose, y por el recelo de verse arrebatada la presa sorbíanla apresuradamente con ruidosas lengüetadas y huían cobardes después del hartazgo: el festín de los canes eran coágulos de sangre de los fusilados y residuos de cráneos volados por las balas.

Las auras reposaban, indiferentes a la contienda de los perros, en las cornisas de los muros del edificio municipal, contemplando impasibles el batallar de las perros, sin atreverse a tomar parte en la refriega.

La sábana de luz extendida sobre la ciudad fatal semejaba un sudario transparente, por entre cuya urdimbre asomaban tejados y árboles sombríos. En el cementerio dibujaba la luz pirámides de tierra removida, de forma larga y cónica, demarcando fosas recién cerradas, las sepulturas de las víctimas, de los tripulantes del vapor expedicionario *Virginius* Y de vez en vez descendía sobre el montón de tierra abandonada, a escarbar con ahínco, revoloteando pesadamente en la noche apacible, un aura hambrienta, noctámbula y siniestra, que turbaba el pavoroso silencio del camposanto con el batir de sus negras alas.

XV

El tiempo voló. Los sucesos se habían precipitado de una manera vertiginosa, y diríase que ellos eran los que impulsaban a los años. El cúmulo de acontecimientos parecía doblar su rapidez. Había algo de desquiciamiento, en verdad, en los unos y en los otros; pero no importaba, y las gentes se hacían lenguas de que, no obstante los continuados fracasos, el descaro de los *mambises* pacíficos, sobre todo, no tenía límites, y que no cesaban de tener alientos a pesar de agonizar la rebelión.

«Uno que va, otro que viene, pajarito volando va», era un cantarcillo con que el pueblo separatista se mofaba de los integristas españoles. Su significación era que toda baja insurrecta se cubría inmediatamente con el ingreso en las filas rebeldes de un habitante de la ciudad. No hacían mella a la causa libertadora ni las presentaciones, ni las muertes, ni las deserciones.

En una fiesta en celebración de la Santa Cruz de Mayo, allá por el barrio del *Guayabito*, casi junto al cuartel de caballería, se había lanzado un reto a la policía con inaudito atrevimiento; se había cantado la siguiente estrofa, en aquel acto semirreligioso, en los momentos de adornar con flores la peana del Sacro Madero:

> A la Cruz le pido,
> con mucho fervor,
> que le dé salud
> al valiente Flor.

Y lo peor del caso fue que este hecho tan sabido solo se hizo del dominio público muchos días después. Nadie lo había propalado, nadie pudo decir dónde se había lanzado la cantinela, por lo cual no podían las autoridades españolas castigar al infame o a los infames autores de aquella *herejía mambisa*.

Los golpes llovían sin cesar sobre los rebeldes. Tres meses después de la tragedia del *Virginius*, caía, a su vez, el libertador Carlos Manuel de Céspedes. Una bala disparada por su propia mano puso fin a su epopeya, y antes que la prisión prefirió la muerte. Arrastrado su cuerpo desde una cañada, donde quedaron ropas y parte de sus carnes, trájose el cadáver a la ciudad, y, tendido en el suelo; a la puerta del Hospital Civil, permaneció a la pública expectación de los enemigos y de los amigos. Unos se restregaban las manos alegremente, dando, con la muerte del héroe, por terminada la algarada *mambisa*, y los otros, secos los ojos, dejaban sangrar el corazón esencialmente cubano.

Más tarde, el general Calixto García, prisionero de las fuerzas españolas —momento en que, como Céspedes, se disparó un tiro, aunque no logró matarse—, era traído a la ciudad y encerrado en estrecho calabozo, en estado grave, esperando el consejo de guerra que sanara para fallar respecto a su suerte. La asiduidad de su amorosa madre y sus súplicas fervientes salvaron de la pena capital al hijo, que había de conservar en la frente, como su mejor título de gloria, la cicatriz que dibujó la bala del revólver.

Magdalena recibió también la noticia de esta desgracia patriótica con estoica impasibilidad. Se limitó a encogerse de hombros, y nada dijo. No podía ya más, le escaseaban las fuerzas, no se cuidaba de nada, y la mayor parte del tiempo tenía que pasarlo reclinada en su lecho, obligada por la debilidad que se adueñaba de su cuerpo.

Una mañana, poco antes del almuerzo, se presentó María, según su costumbre, y Magdalena, al mirarla, le repitió como le había dicho ya una vez, tiempo atrás:

—¡María, usted ha llorado!

—¿Por qué negarlo? Sí, he llorado; lloro por ti —y dijo esto con tono bravío y rebelde—. Nos marchamos para La Habana. De allí seguiremos para España —y permaneció callada, apretados los dientes y los puños.

—¿Y esa determinación, María? —replicó tímidamente la enferma.

Pareció dudar la buena andaluza, antes de confesar los motivos de su marcha; pero, después de enarcar las cejas, tomó su resolución y añadió:

—Pues... ¿los motivos? ¡Los chismes de rufianes soplones al gobernador! —y continuó rápidamente—: Ese guardia del cementerio, que no se ha cansado de azuzar venganza, y ese... indecente de la Calzada, han hecho que a Garriga le haya venido el gobernador de la plaza con indirectas y reconvenciones; y él, como hombre que no se muerde la lengua, ha respondido lo que debía responder, y de seguida ha pedido el pase para la Península si se desconfiaba de su lealtad y se dudaba de su conducta, y... la respuesta del superior fue contestarle secamente: «Concedido».

—¡Ya ve usted, María, y todo por mi culpa!

—¡Ca! No hagas caso de esto, hijita. Lo siento y me duele solo por ti; por ti, a quien dejo entre tantos bandidos; bandidos, sí —y sin poder continuar, salió de la alcoba y marchóse a su casa, para llorar libremente de despecho y de pesar.

—¡Qué sola me voy quedando! —se dijo Magdalena a sí misma, después de salir María de la alcoba—. ¡Paciencia! ¡poco me queda ya!

Llegó el día de la partida, y fue un día triste para el barrio. Garriga y María habían sabido hacerse querer muy de veras por su política generosa de verdadera atracción, y al despedirse de cada vecino dejaban tras sí una estela de simpatía, llevando, al mismo tiempo, una bendición al salir de cada hogar. En casa de Magdalena la congoja fue tal, que se convirtieron en balbuceos las cortas frases que se pudieron articular.

—¡Adiós! —se repetían constantemente los buenos amigos. En el último abrazo de María a Magdalena, último como insistía en decir la enferma, moviendo melancólicamente la cabeza, la señorita Delamour se quitó del cuello una cadenita, con una medalla de la Virgen de la Caridad, y entregándola a su amiga entrañable, le dijo—: Lo único que de recuerdo puedo darle. Fue regalo de mi madrina, siendo yo muy pequeña. ¡Guárdela con cariño, como cosa mía!... ¡Duraré poco ya!... —y al estrechar la mano de Garriga, le echó los brazos al cuello diciéndole—: Don Francisco, si llega usted a tener una niña, llámela Magdalena, por mí, y... desde el cielo... la guiaré y la bendeciré...

—¡Ahora sí que nos quedamos solos! —fue su postrera exclamación al ruido del quitrín que se alejaba, al conducir al muelle a los que, durante años, la habían atendido con tanta caridad, tanta lealtad y tanto amor, y dejó vagar su imaginación libremente, como solía hacerlo en los momentos de sus grandes aflicciones.

La protección que el teniente Garriga le otorgara a Magdalena Delamour, sin que ella lo supiese, había cesado con la partida de aquel bienhechor, y pronto había de experimentar la pobre huérfana las consecuencias de su total desamparo. Dos días después de la marcha del noble militar, hacia la medianoche, golpearon rudamente a la puerta de la morada de Magdalena, sucediéndose a los golpes gritos desaforados de:

—¡Abrir! ¡Abrir presto!

Azorada Susana, corrió, dio vuelta a la llave y franqueó la entrada. Habituada a dormir con claridad, el quinqué de petróleo que alumbraba la sala estaba como a un cuarto de su luz. Un celador de policía, seguido de dos guardias, penetró desfachatadamente sin descubrirse, fue al quinqué, subió la mecha e inundó el recinto de resplandor.

—¿Qué es lo que hay? —interpeló Magdalena desde su lecho. La fiebre lenta que la consumía la tenía postrada desde antes del embarque de sus amigos, obligándola a permanecer encerrada.

—Nada de particular —respondió con rudo acento el celador de policía—. Véngase para acá y lo sabrá. Traemos la orden de registrar la casa...

—Está bien, señor; pero no puedo salir: la fiebre no me deja un solo día.

—¡Ca! —fue la brutal contestación—. ¡Nada de mojigaterías! —y tuteando a la enferma, continuó—: Si estás con fiebre, abrígate, y... échate para acá. ¡No será mala fiebre! —y escuchóse una risita sardónicamente desvergonzada y un cuchicheo burlón entre los guardias y el celador.

—¡Cúmplase, Señor, tu voluntad! —oyóse exclamar a Magdalena, y luego agregar—: ¡Susana, ven! Ayúdame a cubrir con la frazada, para abrigarme bien.

Al ir Susana a ayudar a la enferma, fue detenida con rudeza por el celador, quien, con áspero acento, le gritó:

—¡Ea! ¡No moverse, he dicho! ¡Señora, o señorita, o lo que seas —y se repitieron las risitas insolentes—, déjate de melindres y vente para acá, si no quieres que vaya a buscarte yo!

Aquello fue el colmo del atrevimiento procaz. Una vez más doblegóse la joven al martirio, y, tiritando y tosiendo, apareció la transparente Magdalena, cubierta de la cabeza a los pies con las sábanas de la cama, que venía arrastrando cual si fuera su anticipado sudario. Llegóse al balance que a toda prisa le presentó Susana, dejóse caer en el asiento, lanzó un suspiro, cruzó los brazos y aguardó.

—Quedaos junto a la puerta de la calle los dos —indicó el celador a los guardias—. Yo me basto y me sobro. ¡Que nadie se mueva! —y se escuchó durante largo rato golpear las paredes, registrar armarios, levantar los colchones de las camas, tirar todo por tierra, no dejando el vil polizonte mueble por revolver ni rincón por escudriñar.

Por suerte, no había en aquella casa ni un solo papel comprometedor. Magdalena no guardaba ya nada. Repuesta de la dolencia contraída por la desaparición de su hermano, confió al fuego la destrucción de todas las comunicaciones que tanto la habían deleitado, y, siguiendo el mismo camino, hasta las cartas familiares, borrándose también, con ello, las intimidades de su alma que no debía conocer nadie.

Una hora larga duró el registro, y cuando lo hubo concluido, exclamó el celador, al marcharse, dándole con bellaquería golpecitos en los hombros a la infeliz enferma:

—Si no hoy, será mañana. ¡Buena pieza, ya caerás! —y dirigiendo a Magdalena una mirada iracunda, concluyó por amenazarla, alzando la diestra con la acción de pegar—. Ya se concluyeron los protectores, ¡eh! —y con un signo indecente a los guardias, añadió—: ¡A estas de los oficiales, apretarlas duro!

—Vamos, Susana, dame el brazo para llegar a la cama. ¡Pobre Cuba! —dijo lentamente Magdalena, sin reproche ni rebeldía. Y a esta frase, llena de lástima y a una tosecita pertinaz, fue a lo que quedó reducida toda su protesta.

Aquella naturaleza, quebrantada totalmente, rendíase a los embates de la desgracia. Estaba subyugada, sin fuerzas ni voluntad.

El ideal de su existencia se le escapaba, los acontecimientos surgían en confuso tropel, y no era un secreto para nadie que la insurrección agonizaba. No era posible galvanizarla, y los esfuerzos aislados, sin conexión, y los combates gloriosos de última hora, no habían de retardar su aniquilamiento. La hora fatal estaba escrita en el libro de los tiempos, y no había poder humano que pudiera retardarla ni impedirla.

XVI

Magdalena se extinguía. Una consunción lenta, primero, y a pasos agigantados después concluía con ella. En tanto tuvo fe, en tanto las esperanzas del triunfo eran gallardías de su imaginación, pudo resistir a los ataques de la enfermedad; su ánimo no decaía, y una nerviosidad, con apariencias de vigor, sostenía su actividad, dándole vehemencias para sufrir erguida los acontecimientos precipitados y desgraciados que abrumaban a la revolución.

Las ilusiones de victoria, engañándola, le hubieran, quizás, proporcionado una tregua en el avance del mal, o, por lo menos, lo hubieran contrarrestado algo si la peregrinación al Cobre, el desastre del *Virginius* y la muerte de Carlos Manuel de Céspedes no hubiesen colmado la copa de sus sufrimientos, rebosante con creces, para destrozar por completo su exigua naturaleza.

Todo cayó sobre ella: la enfermedad física y el mal moral. Nada tenía ya que aguardar, y su existencia se deslizaba envuelta en una indiferencia en que se embotaban los hechos patrióticos, las desgracias de la patria y sus dolores propios: Magdalena solo era sombra de lo que había sido.

Cuando se hablaba de ella, decían las vecinas, en su lenguaje vulgar y sencillo:

—Es una *moriviví* —y su semejanza a la planta cuyas ramitas se inclinan al menor soplo, la sensitiva, era verdadera, porque languidecía desde meses pasados, con apariencias de mejoría y apariencias de recrudescencia en su enfermedad. En días de buen Sol, sostenida por Susana y *Ma-Chepa*, emprendía cortos paseos por la Marina, y así iba alargándose su vida, obligada a ello, además, por una sobrealimentación exigida por el doctor Hartmann que, al reñirla, le hacía sentir que el abandonarse cobardemente a la enfermedad era procurarse la muerte por medio de un suicidio vergonzoso y disimulado.

Accedía a cuanto le propusieran. ¡Qué le importaba ya nada!

—¡La guerra se concluye! —era el clamor triste de su alma, y no había en esa frase dolorosa reconvención alguna. Metida en el lecho, enflaquecida de una manera extraordinaria, era el espectro de Magdalena la que allí yacía.

—¡*Tout est fini!*[23] ¡Dá, me voy! —añadía a menudo, y al notar las lágrimas de la nodriza la consolaba expresándole—: Me voy primero, ya vendrás después, y estaremos todos juntos para siempre, mi pobre vieja.

Cartas de María habían llegado de España, cariñosas como era ella, una, dos y más veces. Vaciló Magdalena al recibir la primera, manteniéndola en la mano algunos instantes sin abrirla; por fin se determinó, y la leyó. Luego, de pronto, rápidamente, como quien va a cometer una mala acción que habrá de reprocharse más tarde, fuese a la cocina y arrojó la carta al fogón lleno de carbones hechos ascuas. El papel se crispó, produjo una alta llamarada, se carbonizó, dio su boqueada con unas pequeñas lentejuelas de fuego y desapareció por completo. Suspiró la pobre enferma, y concentrada en sí misma, se dijo:

—¡He muerto hace tiempo! ¡Hasta el cielo, María! —y dos lágrimas de infinito y silencioso dolor se deslizaron por sus escuálidas mejillas.

Magdalena alcanzó milagrosamente el 9 de junio de 1878, no con vida, sino con aspecto de ella. Aquella mañana tuvo una transformación algo sobrenatural; la existencia que se le escapaba manifestóse engañadora un instante, y sugirió a los que la rodeaban ilusiones falaces que pronto habían de desaparecer.

En ese día todo era en la ciudad movimiento y alborozo. El general Martínez Campos entraba como triunfador y pacificador, y aun los mismos partidarios a quienes dolía la paz, efecto natural del cansancio por una lucha tan larga, abandonaban sus casas y sus calles para encaminarse a la de Santo Tomás, por donde había de pasar el general entre banderas y arcos triunfales de follajes de palmeras y ramos de laureles. La paz del Zanjón había sido sancionada.

El doctor Hartmann, seguro del desastre final en la existencia de Magdalena, se encontraba junto a «su enferma querida». En momentos como aquellos desaparecía de su personalidad el hombre de ciencia para ceder el lugar al padre que acudía en el preciso momento de cerrar los ojos a la hija amada. El profeta, el iluminado, ponía en contacto su alma con el alma de quien iba a dejar una materia hecha añicos por sufrimientos inenarrables. Su misión

---

23 ¡Todo se acaba!

entonces era ir inculcándole ideas y pensamientos que debía transmitir en el más allá, en el mundo invisible que era su doctrina y su credo.

La pequeña alcoba ofrecía un espectáculo de singular sensación. En el centro encontrábase la blanca cama, alumbrada por la misma ventana que ofreció claridad a Margarita en su lecho de muerte. El papel de periódico deslucido, pegado a los marcos de los postigos, para impedir la entrada de excesivo aire, deja filtrar, como antaño, una luz suave, suficiente para distinguir a la que está próxima a morir. Magdalena, en sus últimos momentos, yace con los ojos entornados y como quien ni ve ni siente. Se sabe que agoniza. Allí están, al pie del lecho, el fiel *Popot*, mordiéndose los bigotes ralos para poder tragarse las lágrimas que, rebeldes a sus esfuerzos, atropelladamente acuden a sus ojos; la vieja *Ma-Chepa*, de rodillas, llora también y suspira, y la infeliz Susana, en quien no hay ya fibra que vibre, contempla con fijeza a lo único que le queda en la tierra, y que se va también, y suplica con todo fervor y el anhelo de su alma al Ser Supremo que le conceda la gracia de seguir a Magdalena en el mismo instante en que exhale ésta el último soplo vital.

Hay quietud completa, nadie se mueve. La casa y la calle están silenciosas. Los que contemplan a Magdalena espían con dolor intenso pero mudo la fisonomía de la moribunda. Un clavel blanco, pedido con insistencia, como el postrer capricho de su vida, reposa sobre su pecho, que parece que ha dejado de alentar, tan poco le late ya el corazón.

En un momento la puerta de la calle se entreabre sin ruido; cuidadosamente, unas manos la empujan con una especie de temor y de recelo.

Los que llegan saben seguramente lo que acontece, y sus pasos, al adelantarse, tienen la levedad y el silencio del andar de los fieles cuando penetran en el templo, en momentos en que el sacerdote oficiante, con manos trémulas, eleva la hostia sagrada entre las nubes fragantes del incienso el resplandor de los cirios, las melodías del órgano y tintineo de las campanillas; conjunto de sensaciones y emociones que impregnan a los fervientes congregados de una unción casi divina.

Avanzan libremente. Descubiertos, se acercan al lecho, y el uno de un lado y el otro al opuesto, vienen a arrodillarse en humilde adoración. Nadie les habla; todos les han visto, les han conocido; en su silencio, compartiendo el mismo sufrimiento agudo, les basta comunicarse los dolores que les desgarran.

Se produce en Magdalena como una adivinación interna, como un reflejo del cuadro que la rodea; entreabre los párpados mortecinos, y su mirada recorre lentamente la habitación; sonríe, y es la sonrisa de una santa la que vaga por sus labios, nota serena que se destaca en aquel rostro escuálido ante las descompuestas y desconsoladas fisonomías de los que contemplan a la moribunda. Sus ojos van del doctor a Susana, de Susana a los dos postrados, y hay en su visión mucho de gratitud y de inmensa satisfacción.

Hace una seña a Susana para que le levante un tanto la almohada, y su cabeza se distingue más precisa sobre el fondo blanco de la tela, que hace resaltar su demacración y el fulgor de sus ojos negros y hundidos, en los que destella una chispa de vitalidad persistente.

Tiende las manos a los bordes de la cama, y de ambas se apoderan los últimos en llegar; Juan, de hinojos, a su izquierda, y Fernando, a su derecha. La paz del Zanjón, poniendo término a la contienda armada, los había reunido, y juntos los devolvía a la ciudad.

Ambos, impulsados por la fuerza de distintos amores, juntaron los labios a aquellas manos transparentes, y comunicaron a aquel organismo, con su vehemencia, un aliento que se extinguía en Magdalena. En Juan hay la lealtad inquebrantable a una familia que se venera; en Fernando, el amor idólatra que desborda y no teme ocultarse ya.

Magdalena deja abandonada su diestra, adherida a los labios de Fernando, de Fernando que tanto la amó, que tanto lo calló; amor abnegado que, para obtener su correspondencia, adoptó sus ideas e hizo el sacrificio de la propia existencia. Como galvanizada por aquellas expansiones, aunque con esfuerzo estrecha entre sus delgados dedos la mano del joven, y con un acento que es un hálito, le habla con dulzura suma, pero tan bajo, que apenas se percibe lo que dice:

—Fernando, nuestro amor hubiera sido imposible. Yo adiviné tu cariño, y has tenido en mi corazón el lugar que ocupaba mi hermano. Dios no ha querido que ese cariño se trocase en amor. No era posible la realización de tu sueño. Tus aspiraciones hubieran sido, quizás, una desgracia para ti. Sé feliz, Fernando, bien lo mereces. Te lego el amor inmenso de mi alma: ¡Cuba!

El esfuerzo realizado para hilvanar sus pensamientos la hicieron caer en una especie de desvarío, y, como en éxtasis profético, exclamó arrebatada:

—¡Escucha... el Himno Cubano!... ¡Mira, la bandera flamea!... ¡Cuba libre!... —y cerró los ojos.

Todos se estremecieron a ese supremo alarde vital, y se abalanzaron a ella, sobrecogidos y admirados de que el grito de la patria, ¡Cuba libre!, hubiese sido su postrer suspiro.

Corto fue la especie de letargo en que se había sumido, y momentos después volvió en sí, exclamando con vehemencia:

—¡Morir!... ¡Abran la ventana! ¡Me ahogo! —y permaneció con los ojos grandemente abiertos.

—¡Adiós, *Dá*! ¡Adiós, Juan!... ¡Fernando, acércate, oye... pronto!... ¡Me voy...! —y tomando temblorosa el clavel blanco que descansaba sobre su pecho, se lo entregó, tratando otra vez de dibujar una sonrisa inefable de alegría—. ¡En recuerdo del que me diste! —añadió. Y al acercarse Fernando a ella, para que no se le escapasen las palabras de la moribunda, que solo eran un soplo levísimo, Magdalena le miró de hito en hito, y dijo—: ¡Te he amado... como me amaste tú!... ¡Con toda el alma...! ¡Y en silencio...! ¡Adiós!

Giraron sus pupilas a todos lados, con ansiosa vaguedad, y, al inclinarse el doctor Hartmann sobre su faz, murmuró:

—¡Adiós, doctor... mi guía! Mi...

Hubo en la cabeza un pequeño movimiento y cayó hacia atrás. Quedó el rostro totalmente de frente. La vida pareció extinguida sin el más leve sacudimiento. La boca y los ojos permanecieron entreabiertos, y en tanto que Juan besaba con delirio la fría mano, Fernando, sollozando, depositó el primero y único ósculo de amor en la frente de la virgen mártir.

El contacto de los labios de Fernando en la frente de Magdalena produjo en ella como un resurgimiento de vida; torna en sí, y hay vaguedad inefable en la mirada que mira y no ve. Ya no reconoce, y su imaginación vaga en los espacios... Hace esfuerzos para levantarse, logra llevar una mano a los ojos, como para arrancarse algo, y grita:

—¡No veo!

Hay un arranque de desesperación en los que la rodean, avanzan hacia ella, y se inclinan sobre su cuerpo con ansias de no perder un segundo la postrer ocasión de contemplarla viva.

El religioso silencio que reina en la habitación es turbado por un ronquido; del pecho de la moribunda parte un sordo ¡ay! agonizante, se estremece, y sus labios murmuran entusiasmados y vibrantes:

—¡La realidad de mi sueño... el cañón retumba, la victoria, el himno... la patria libre... música...! —y quédase con la mirada fija, vidriosa, el rostro sosegado, y la muerte, apiadada de tantos sufrimientos, la arrebata: compasiva, dejándola con la sublime ilusión del tan anhelado triunfo de la patria...

Brilla en la inmóvil fisonomía algo indefinible, de felicidad inmensa.

—¡Parece que duerme! —se atreve a pronunciar Susana, con la garganta cerrada y ronca por el dolor, y el doctor Hartmann, posando los dedos sobre los párpados de Magdalena, los mantiene largo rato así, hasta dejarlos completamente cerrados. Cruzóle después los brazos sobre el pecho, y bendiciéndola, exclama con férvido acento—: ¡Sube a los cielos, virgen pura! ¡Duerme tranquila, pobre mártir de tu tierra!

En lontananza retumba el estampido de los cañones de la fortaleza de Punta Blanca; vivas atronadores se pierden en el espacio; revolotean ecos de música militar en la fúnebre alcoba, y la muerta es feliz: no oye, no siente. Los *vivas a España* y la Marcha Real española son como la ofrenda funeraria, sarcástica y triste con que la suerte implacable recompensa los sufrimientos y sacrificios de la abnegada Magdalena.

Fin

Libros a la carta

A la carta es un servicio especializado para

empresas,

librerías,

bibliotecas,

editoriales

y centros de enseñanza;

y permite confeccionar libros que, por su formato y concepción, sirven a los propósitos más específicos de estas instituciones.

Las empresas nos encargan ediciones personalizadas para marketing editorial o para regalos institucionales. Y los interesados solicitan, a título personal, ediciones antiguas, o no disponibles en el mercado; y las acompañan con notas y comentarios críticos.

Las ediciones tienen como apoyo un libro de estilo con todo tipo de referencias sobre los criterios de tratamiento tipográfico aplicados a nuestros libros que puede ser consultado en linkgua-digital.com.

Linkgua edita por encargo diferentes versiones de una misma obra con distintos tratamientos ortotipográficos (actualizaciones de carácter divulgativo de un clásico, o versiones estrictamente fieles a la edición original de referencia).

Este servicio de ediciones a la carta le permitirá, si usted se dedica a la enseñanza, tener una forma de hacer pública su interpretación de un texto y, sobre una versión digitalizada «base», usted podrá introducir interpretaciones del texto fuente. Es un tópico que los profesores denuncien en clase los desmanes de una edición, o vayan comentando errores de interpretación de un texto y esta es una solución útil a esa necesidad del mundo académico.

Asimismo publicamos de manera sistemática, en un mismo catálogo, tesis doctorales y actas de congresos académicos, que son distribuidas a través de nuestra Web.

El servicio de «libros a la carta» funciona de dos formas.

1. Tenemos un fondo de libros digitalizados que usted puede personalizar en tiradas de al menos cinco ejemplares. Estas personalizaciones pueden ser de todo tipo: añadir notas de clase para uso de un grupo de estudiantes,

introducir logos corporativos para uso con fines de marketing empresarial, etc. etc.

2. Buscamos libros descatalogados de otras editoriales y los reeditamos en tiradas cortas a petición de un cliente.

www.ingramcontent.com/pod-product-compliance
Lightning Source LLC
Chambersburg PA
CBHW020915180626
46816CB00007BA/2406